ST

LE C
DE FUTUROLOGIE

roman traduit du polonais
par Dominique Sila et Anna Labedzka

BABEL

LE CONGRÈS DE FUTUROLOGIE

DU MÊME AUTEUR

FEU VÉNUS, Gallimard, 1962.
SOLARIS, Denoël, 1966 ; Babel n° 1778.
LE BRÉVIAIRE DES ROBOTS, Denoël, 1967.
LA CYBÉRIADE, Denoël, 1968.
ÉDEN, Marabout, 1972.
L'INVINCIBLE, Robert Laffont, 1972.
MÉMOIRES TROUVÉS DANS UNE BAIGNOIRE, Calmann-Lévy, 1975.
LA VOIX DU MAÎTRE, Denoël, 1976.
LE CONGRÈS DE FUTUROLOGIE, Calmann-Lévy, 1976 ; Babel n° 1779.
MÉMOIRES D'IJON TICHY, Calmann-Lévy, 1977.
LE RHUME, Calmann-Lévy, 1978.
RETOUR DES ÉTOILES, Denoël, 1979.
CONTES INOXYDABLES, Denoël, 1981.
LE MASQUE, Calmann-Lévy, 1983.
NOUVELLES AVENTURES D'IJON TICHY, Calmann-Lévy, 1986
FIASCO, Calmann-Lévy, 1988.
BIBLIOTHÈQUE DU XXIe SIÈCLE, Seuil, 1989.
PROVOCATION suivi de *RÉFLEXIONS SUR MA VIE*, Seuil, 1989.
LES AVENTURES DU PILOTE PIRX, Actes Sud, 2021.

Titre original :
Kongres futurologiczny
Ze wspomnień Ijona Tichego

ISBN 978-2-330-15555-1

Le huitième congrès mondial de futurologie se tint à Costaricana. À vrai dire, je ne serais pas parti à Nounas si le Pr Tarantoga ne m'avait laissé entendre que l'on comptait sur moi. Il me dit également (et cela me vexa) que l'astronautique était devenue une façon de fuir les problèmes terrestres. Tous ceux qui en ont assez s'en vont quelque part dans la galaxie, escomptant que le pire aura lieu pendant leur absence. Il est vrai que plus d'une fois, surtout au retour de mes premiers voyages, il m'est arrivé de jeter un regard plein d'anxiété sur la Terre : n'allais-je pas trouver à sa place un objet en forme de pomme de terre sautée ? C'est pourquoi je ne fis guère de difficultés et me contentai de signaler que la futurologie n'était pas ma spécialité. Tarantoga répliqua que le pompage n'était en général la spécialité de personne, ce qui ne nous empêchait nullement d'accourir à nos postes au cri de : "Tous aux pompes !"

Le comité de direction de la Société de futurologie avait décidé que les débats auraient lieu à Costaricana. Ceux-ci devaient en effet être consacrés à la marée montante de la surpopulation, ainsi qu'aux moyens de la combattre. Or, c'est Costaricana qui possède actuellement la plus forte croissance démographique. Sous la pression de cette terrible réalité, nos débats devaient être menés avec plus d'efficacité. On pourrait objecter – mais seules les mauvaises langues le disaient – que le nouvel hôtel construit par la corporation Hilton à Nounas était quasiment vide. En dehors des futurologues, seul un nombre égal de journalistes devaient se rendre au congrès. Étant donné que l'hôtel a été entièrement anéanti au cours des débats, je puis déclarer, sans crainte d'être accusé de lui faire de la publicité, la conscience tranquille : c'était un excellent Hilton. Ces mots ont dans ma bouche un poids bien particulier, si l'on songe que je suis un sybarite-né. Seul le sentiment du devoir m'a poussé à renoncer au confort pour les corvées de l'astronautique.

Le Hilton de Costaricana s'élançait jusqu'à une hauteur de cent six étages au-dessus d'un socle plus large qui en comptait quatre. Sur les terrasses de la partie inférieure du gratte-ciel, on avait aménagé des courts de tennis, piscines, solariums, pistes de karting, manèges servant en même temps de roulettes, ainsi que des stands de tir : on pouvait y tirer sur des sujets empaillés, représentant qui l'on voulait, les commandes spéciales étant exécutées dans les vingt-quatre heures. Il y avait également un pavillon de musique en forme de conque, pourvu d'une installation permettant de pulvériser du gaz lacrymogène sur les auditeurs. On me donna un appartement au centième étage. De cette hauteur, je n'apercevais guère que le bord supérieur du nuage de smog brun violacé qui enveloppait la ville. Quelques-uns des objets qui se trouvaient dans ma chambre me laissèrent perplexe : par exemple, une barre de fer de trois mètres de long qui se dressait dans un coin de ma salle de bains tout en jaspe, et dans l'armoire, une pèlerine de camouflage "léopard". Il y avait aussi un sac de biscuits sous le lit et dans la salle d'eau, à côté des serviettes, on avait suspendu un épais rouleau de corde d'alpiniste. Lorsque j'introduisis pour la première fois la clé dans la serrure Yale, je remarquai sur la porte un petit écriteau muni de l'inscription : "La direction du Hilton garantit l'absence de BOMBES dans cette pièce."

Comme on le sait, les savants se divisent aujourd'hui en deux catégories : les stationnaires et les ambulants. Les savants stationnaires s'adonnent comme autrefois à diverses recherches, tandis que les ambulants participent à toutes sortes de conférences et congrès internationaux. On reconnaît aisément les savants de la seconde catégorie. Sur le revers de leur veston, ils portent une petite carte de visite avec leur nom et leurs titres universitaires, et ils ont toujours dans leurs poches les horaires des lignes aériennes. Ils utilisent des ceintures dépourvues de parties métalliques et même leurs serviettes sont bouclées à l'aide de fermoirs en plastique. Toutes ces précautions servent à ne pas déclencher inutilement la sirène d'alarme du dispositif installé dans les aéroports : celui-ci permet en effet de passer les voyageurs aux rayons X afin de détecter la présence éventuelle d'armes blanches ou d'armes à feu. Ces savants-là étudient la littérature spécialisée dans les autobus des compagnies aériennes, les salles d'attente, les avions et les bars d'hôtels. Comme j'ignorais, pour des raisons compréhensibles, bien des particularités de la civilisation terrienne de ces dernières années, il m'est arrivé de déclencher l'alarme dans les aéroports de Bangkok, d'Athènes et même de Costaricana : je n'ai pu intervenir à temps, vu que j'avais dans la bouche six plombages métalliques (en amalgame). Une fois arrivé à Nounas, j'avais l'intention de les faire remplacer par des plombages en porcelaine, mais des événements inattendus m'en ont empêché. Pour ce qui est de la corde, de la barre, des biscuits et de la pèlerine, un des membres de la délégation futurologiste américaine m'a expliqué avec une certaine condescendance que de nos jours l'hôtellerie prenait des mesures de sécurité sans précédent. Chacun de ces objets placés dans l'appartement devait augmenter les chances de survie du client. Agissant un peu à la légère, je n'accordai guère d'importance à ces propos.

Les débats devaient commencer l'après-midi du premier jour. Dès le matin, on nous fournit la documentation complète des conférences, élégamment présentée, pourvue d'une typographie soignée et agrémentée de nombreux échantillons. C'étaient les petits blocs de papier bleu satiné qui faisaient le plus d'effet ; ils étaient munis de l'inscription : "Permis de copulation." Les conférences scientifiques modernes ont également à pâtir de l'explosion démographique. Étant donné que le nombre de futurologues croît à la même vitesse que l'humanité tout entière, la cohue et l'affluence règnent dans les congrès. Il ne saurait être question de faire oralement la totalité des exposés ; chacun doit donc en prendre connaissance auparavant. Toutefois, nous n'en eûmes pas le loisir durant la matinée, car nos hôtes nous convièrent à boire un verre. Cette petite réception se déroula pratiquement sans incident, si ce n'est que la délégation américaine fut dûment bombardée avec des tomates pourries. Verre en main, j'appris d'un journaliste de mes amis

(Jim Stantor, de l'*United Press International*) que le consul général ainsi que le troisième attaché de l'ambassade américaine avaient été enlevés à l'aube. Les ravisseurs, des extrémistes, exigeaient la mise en liberté des prisonniers politiques en échange de la libération des diplomates. Afin de souligner tout le sérieux de leurs exigences, ils avaient expédié à l'ambassade et aux représentants du gouvernement une dent appartenant à chacun des otages, annonçant la possibilité d'une escalade. Cette fausse note ne put cependant troubler la chaude atmosphère de ce cocktail matinal. L'ambassadeur des États-Unis, qui s'y trouvait en personne, fit un très bref discours rappelant la nécessité d'une collaboration internationale ; l'orateur était toutefois encadré par six civils de belle carrure qui nous tenaient en joue. J'avoue que cela me déconcerta quelque peu, d'autant qu'un délégué indien, à la peau basanée, était par hasard enrhumé : sentant le besoin de se moucher, il fit un geste vers sa poche. L'attaché de presse de la Société de futurologie m'assura par la suite que les mesures prises étaient indispensables et, de plus, tout à fait humanitaires. Le service de protection dispose exclusivement d'armes de gros calibre à faible force de pénétration, tout comme la police à bord des avions de ligne : ainsi les tierces personnes ne risquent-elles plus de subir un quelconque dommage. En revanche, il arrivait naguère qu'un projectile, en abattant l'auteur d'un attentat, transperçât aussi de part en part les cinq à six malheureux innocents assis derrière lui. Néanmoins la vue d'un homme s'effondrant à vos pieds sous un tir nourri n'est pas des plus réjouissantes ; même s'il s'agit d'un simple malentendu, bientôt prétexte à échange de notes d'excuses diplomatiques. Mais au lieu de me perdre en considérations sur la balistique humanitaire, je ferais mieux d'exposer les raisons pour lesquelles il me fut impossible durant toute la journée de prendre connaissance de la documentation du congrès. Je passerai sur un détail peu réjouissant, à savoir qu'il me fallut changer en toute hâte ma chemise ensanglantée. Contrairement à mes habitudes donc, je pris mon petit-déjeuner au bar. Le matin, je mange toujours des œufs mollets. Malheureusement, on n'a pas encore construit d'hôtel capable de vous les servir au lit sans qu'ils soient coagulés de bien répugnante façon. Ceci est naturellement lié au perpétuel accroissement de la dimension des hôtels dans les capitales. Lorsque la distance qui sépare la cuisine de votre chambre est de deux kilomètres, rien ne peut empêcher le jaune de durcir. À ma connaissance, les spécialistes du Hilton ont examiné le problème avant de parvenir à cette conclusion : la seule mesure préventive serait l'installation de monte-charges spéciaux se déplaçant à une vitesse supersonique. Toutefois, le fameux "bang", cette détonation causée par le passage du mur du son, provoquerait, dans l'espace clos du gratte-ciel, l'éclatement des tympans. On peut éventuellement commander à la cuisine automatique d'apporter les œufs crus et de les faire cuire sous vos yeux dans la chambre par le serveur automatique. Mais de là à se transporter avec sa propre cage à poules de Hilton en Hilton, il n'y a pas loin. C'est précisément pourquoi je me rendis au bar ce matin-là. Actuellement, quatre-vingt-quinze pour cent de la clientèle de ces établissements se compose de participants à toutes sortes de congrès et conférences. Le client esseulé, le touriste solitaire sans carte de visite sur son veston ni serviette bourrée de paperasses, est aussi rare qu'une perle dans le désert. En dehors de notre congrès se tenaient également à Costaricana la conférence des jeunes contestataires du groupement des "Tigres", le congrès des éditeurs de littérature libérée, ainsi que celui de la Société philuménique. D'ordinaire, tous ces groupes reçoivent des chambres sur le même palier. Cependant, pensant me faire un honneur particulier, la direction m'avait confié un appartement au centième étage. Celui-ci avait sa petite palmeraie privée où l'on donnait des concerts Bach ; ils étaient exécutés par un orchestre féminin qui effectuait en jouant un strip-tease collectif. Je me serais fort bien passé de tout cela, mais il ne restait malheureusement aucune autre chambre libre. Je dus donc demeurer là où l'on m'avait installé. Je venais à peine de m'asseoir sur un tabouret, au bar de mon étage, lorsque mon voisin, un barbu large d'épaules, à la chevelure noire (je pouvais lire sur sa barbe comme sur un menu tous les repas de la semaine précédente), me glissa sous le nez le lourd fusil ferré à deux coups qu'il portait en bandoulière. Il partit d'un rire jovial, puis me demanda comment je trouvais sa papesse. Je ne comprenais guère ce qu'il voulait dire, mais je préférai ne pas avouer mon ignorance. La meilleure tactique à adopter en cas de rencontres fortuites est le silence. Quoi qu'il en soit, il me déclara avec empressement que son fusil, muni d'un viseur à laser, d'une détente rapide et d'un chargeur, était une arme antipapale. Sans cesser son bavardage, il sortit de sa poche une photo toute cornée : on l'y voyait en train de viser une cible représentée par un mannequin coiffé d'une calotte. Il avait enfin atteint, me dit-il, la forme idéale et allait précisément se rendre à Rome pour le grand pèlerinage afin d'abattre le Saint-Père devant la basilique Saint-Pierre. Je n'en crus pas un mot. Mais tout en continuant à papoter, il me montra tour à tour son billet d'avion, un missel, un prospectus sur le pèlerinage organisé à l'intention des catholiques américains, ainsi qu'un paquet de cartouches à balles fendues en forme de croix. Par souci d'économie, il n'avait pris qu'un aller simple. Il s'attendait en effet à ce que les pèlerins indignés le taillent en pièces. Cette perspective semblait le mettre d'excellente humeur. Je pensai tout d'abord avoir affaire à un fou ou bien à un dynamiteur – un de ces extrémistes professionnels qui ne sont pas rares de nos jours ; mais là encore, je me trompais. Sans interrompre son bavardage, descendant constamment de son tabouret, car son fusil glissait sans cesse sur le plancher, il déclara être un catholique fervent et tout à fait orthodoxe. L'action qu'il projetait (il l'appelait l'opération P) représenterait de sa part un sacrifice particulièrement élevé. Il désirait de la sorte secouer la conscience endormie de l'humanité ; or, cet acte si radical n'était-il pas le moyen le plus sûr d'y parvenir ? Il agirait, m'exposa-t-il, comme Abraham avec Isaac selon les Saintes Écritures ; si ce n'est que le processus serait inversé : ce n'était pas un fils qu'il allait tuer, mais un père, et par surcroît un saint. Ainsi donnerait-il la preuve du plus grand sacrifice jamais accompli par un chrétien ; non seulement son corps serait supplicié, mais son âme damnée, tout ceci afin d'ouvrir les yeux à l'humanité. Les amateurs de ce genre d'ouverture se font par trop nombreux, me dis-je. Peu convaincu par cette philippique, je m'en fus sauver le pape, c'est-à-dire informer quelqu'un de ce plan. Mais au bar du 77e étage, je tombai sur Stantor qui ne daigna même pas m'écouter jusqu'au bout. Il déclara que parmi les présents offerts à Adrien XI par le dernier groupe de fidèles américains, il se trouvait deux bombes à retardement, ainsi qu'un tonnelet contenant de la nitroglycérine en guise de vin de messe. Je compris mieux encore son air blasé en apprenant que les extrémistes venaient d'expédier une jambe à l'ambassade. Toutefois, on ne savait pas encore qui en était le propriétaire. Appelé au téléphone, il dut d'ailleurs interrompre la conversation. *Avenida Romana*, quelqu'un s'était sans doute encore fait brûler en signe de protestation. Au bar du 77e étage, l'atmosphère ne ressemblait en rien à celle qui régnait là-haut, chez moi. Il s'y trouvait de nombreuses jeunes filles aux pieds nus, vêtues de cottes de mailles tombant jusqu'à la ceinture, quelques-unes le sabre au côté ; certaines portaient de longues tresses fixées selon la toute dernière mode à un pendentif ou à un collier clouté. Je ne saurais dire avec certitude si c'étaient là des philuménistes ou bien des secrétaires de la Société des éditeurs libres. À en juger par les photos en couleurs qu'elles examinaient, il s'agissait plutôt de ces éditions spéciales. Je me rendis neuf étages plus bas, là où logeaient mes futurologues, et pris un *long drink* au bar, en compagnie d'Alphonse Mauvin de l'agence France-Presse ; je fis une ultime tentative pour sauver le pape, mais Mauvin accueillit mon récit avec stoïcisme. Il se contenta de grommeler que le mois dernier un pénitent australien avait déjà ouvert le feu au Vatican, bien que ce fût pour des motifs tout à fait opposés. Mauvin attendait une intéressante interview pour son agence avec un certain Manuel Pyrhullo poursuivi par le FBI, la Sûreté, Interpol, ainsi que nombre d'autres polices. C'était en effet le fondateur d'une société d'un type nouveau : il louait ses services comme expert en attentats aux explosifs (il était partout connu sous le pseudonyme de "bombardier") et se vantait même de n'avoir aucun parti pris idéologique. Puis une jolie rousse, portant un vêtement qui ressemblait à une chemise de nuit en dentelle abondamment trouée par des balles de mitrailleuse, s'approcha de notre table. C'était précisément un émissaire des extrémistes, qui devait guider le reporter jusqu'à leur quartier général. En s'éloignant, Mauvin me tendit un tract publicitaire de Pyrhullo. J'appris ainsi qu'il était grand temps d'en finir avec les exploits d'amateurs irresponsables, incapables de faire la différence entre la dynamite et la mélinite ou le fulminate de mercure et le cordeau Bickford ; en cette époque de haute spécialisation, pourquoi vouloir agir de sa propre initiative ? Mieux vaut s'en remettre à l'éthique professionnelle et au savoir-faire de spécialistes consciencieux. Au dos du tract se trouvait le tarif des services offerts, avec les prix correspondants indiqués dans les monnaies des pays les plus développés.

Les futurologues s'apprêtaient justement à descendre au bar, lorsque l'un d'eux, le Pr Mashkenase, surgit, pâle et défait, criant qu'il y avait une bombe à retardement dans sa chambre. Visiblement habitué à ce genre d'incidents, le barman s'exclama automatiquement : "Aux abris !", avant de se jeter sous le zinc. Bientôt cependant, les détectives de l'hôtel découvrirent que ce n'était qu'un mauvais tour joué à Mashkenase par l'un de ses collègues ; celui-ci avait tout simplement caché un réveille-matin dans une boîte à biscuits. Cela me semblait typiquement anglais. Il est vrai qu'ils adorent ces fameux *practical jokes**. La chose pourtant fut bien vite oubliée, car J. Stantor et J. Howler, tous deux de l'*UPI*, vinrent nous apporter un texte aide-mémoire ; il était adressé au gouvernement de Costaricana par les États-Unis et concernait l'enlèvement des deux diplomates. Il était formulé dans le langage habituel des notes diplomatiques, et ni la jambe ni les dents n'y étaient appelées par leur nom. Jim me dit que le gouvernement local pourrait fort bien recourir à des mesures particulièrement rigoureuses. Le général Apollon Diaz, actuellement au pouvoir, était favorable à l'opinion des "vautours" et voulait répondre à la violence par la violence. Lors d'une séance (le gouvernement siégeait en permanence), quelqu'un proposa de passer à la contre-attaque, c'est-à-dire d'arracher un nombre double de dents aux prisonniers politiques dont les extrémistes exigeaient la libération. Comme on ignorait l'adresse de leur quartier général, il n'y avait qu'à les envoyer poste restante. Par la plume de Sulzberger, l'édition aérienne du *New York Times* en appelait à la raison et à la solidarité de la race humaine. Stantor me confia en toute discrétion que le gouvernement avait réquisitionné un train chargé de matériel militaire secret ; celui-ci appartenait aux USA et traversait le territoire de Costaricana à destination du Pérou. Quoi qu'il en fût, les extrémistes ne semblaient pas encore avoir eu

* En anglais dans le texte original. *(N.d.T.)*

l'idée d'enlever des futurologues, ce qui, de leur point de vue, n'aurait guère été stupide, vu qu'ils formaient actuellement à Costaricana un groupe plus nombreux que les diplomates. Un hôtel de cent étages constitue néanmoins un organisme si démesuré et si luxueusement isolé du reste du monde que les nouvelles de l'extérieur semblent lui parvenir depuis l'autre hémisphère. Pour le moment, aucun futurologue n'avait l'air pris de panique ; l'agence de voyages du Hilton n'était guère assaillie par des clients pressés de réserver leur place de retour dans un avion à destination des États-Unis ou d'un autre pays. Le banquet officiel d'inauguration devait avoir lieu à deux heures, et je n'avais même pas eu le temps d'enfiler mon pyjama de soirée. Je passai donc chez moi avant de me rendre en toute hâte au 46e étage, dans la salle pourpre. Dans le foyer, je fus accueilli par deux charmantes jeunes filles – *topless*, les seins décorés de myosotis et de perce-neige – vêtues de pantalons bouffants. Elles me remirent un prospectus tout brillant. Sans le regarder, j'entrai dans la salle encore déserte. J'eus soudain le souffle coupé à la vue des tables : non point parce qu'elles étaient abondamment garnies, mais à cause des formes choquantes que l'on avait données à tous les petits pâtés, entremets et hors-d'œuvre ; même les salades étaient des imitations d'organes génitaux. Il ne pouvait être question d'une illusion d'optique, car des haut-parleurs discrètement camouflés diffusaient un *tube* à la mode dans certains milieux. Il commençait par ces mots : “Faut avoir des complexes pour pas vanter le sexe, pour se faire des capitaux, y a qu'les organes génitaux !”

Les premiers convives firent leur apparition. Ils arboraient des barbes touffues avec de longues et fines moustaches. En fait, il n'y avait que des jeunes gens en pyjama, ou même sans. Lorsque six serveurs apportèrent les gâteaux, à la vue du plus inconvenant des entremets, je n'eus plus le moindre doute : je m'étais trompé de salle et, bien malgré moi, j'avais échoué au banquet de la littérature libérée. Prétextant la disparition de ma secrétaire, je battis en retraite au plus vite et descendis un étage pour souffler enfin, parvenu à mon véritable but. La salle pourpre (et non la salle rose où je m'étais fourvoyé) était déjà pleine. Je cachai ma déception du mieux que je pus en constatant l'extrême simplicité de la réception. Il n'y avait qu'un buffet froid et il fallait manger debout ; afin de rendre la consommation aussi difficile que possible, l'immense salle avait été vidée de toutes ses chaises et de tous ses fauteuils. Nous devions donc déployer toute l'habileté nécessaire en de pareilles circonstances, d'autant qu'une épouvantable cohue s'était formée devant les plateaux. Le señor Cuillone, représentant de la section futurologique costaricanienne, nous expliqua avec un sourire charmeur que toute orgie aurait été déplacée, vu que le thème des débats était entre autres la famine menaçant l'humanité. Il se trouva naturellement des sceptiques pour arguer que l'on avait dû réduire les subventions de la Société, ce qui expliquait de si sévères économies. Les journalistes, que leur profession contraignait à une certaine abnégation, se faufilaient parmi nous, recueillant de brèves interviews auprès de célébrités de la science pronostique étrangère. Au lieu de l'ambassadeur des États-Unis, ce fut seulement le troisième secrétaire qui se présenta, escorté d'une garde impressionnante. Lui seul était en smoking ; il est en effet difficile de dissimuler un gilet pare-balles sous un pyjama. J'appris que les invités du dehors subissaient dans le hall une fouille méthodique et qu'un joli tas d'armes commençait à s'y accumuler. Les débats proprement dits ne devaient débuter qu'à cinq heures. Comme nous avions encore un bon bout de temps pour nous détendre un peu dans nos chambres, je me rendis au centième étage. Les crudités, passablement salées, m'avaient donné grand-soif. Malheureusement, le bar de mon étage était fermement occupé par les contestataires et les dynamiteurs en compagnie de leurs petites amies. Comme une seule conversation avec mon papiste (ou antipapiste) barbu m'avait amplement suffi, je me contentai d'un verre d'eau du robinet. À peine l'avais-je vidé que la lumière s'éteignit dans la salle de bains et dans les deux pièces. Quant au téléphone, j'avais beau former n'importe quel numéro, il me branchait invariablement sur le même répondeur automatique racontant l'histoire de Cendrillon. Je voulus descendre, mais l'ascenseur non plus ne marchait pas. J'entendis les contestataires chanter en chœur tout en tirant en mesure – mal, je l'espérais. Ce sont des choses qui arrivent, même dans les hôtels de première catégorie, ce qui ne les rend pas moins irritantes. Toutefois, ce qui m'étonna le plus, ce fut ma propre réaction. Mon humeur, plutôt massacrante depuis l'entretien que j'avais eu avec le tireur papiste, s'améliorait de seconde en seconde. Avançant à tâtons dans la chambre et renversant toutes sortes d'objets, je souriais avec indulgence dans le noir ; même mon genou, que je venais d'écorcher jusqu'au sang en me cognant contre une valise, ne pouvait altérer la bienveillance que j'éprouvais à l'égard du monde entier. Tâtonnant sur la table de nuit parmi les reliefs du repas commandé dans ma chambre entre le petit-déjeuner et le lunch, je plongeai dans le bloc de beurre un morceau de papier arraché au dépliant du congrès. Je l'enflammai à l'aide d'une allumette et obtins ainsi une bougie, filante certes, mais bien réelle. À sa lueur je m'installai dans un fauteuil. En effet, il me restait encore deux heures à passer, si l'on comptait la petite promenade de soixante minutes qu'il me faudrait faire dans l'escalier (puisque l'ascenseur était en panne). Mon état d'âme continuait à subir toutes sortes de fluctuations et changements que j'observais avec un vif intérêt. J'étais d'humeur gaie, je me sentais parfaitement bien. Je pus passer rapidement en revue les innombrables avantages de la situation. Il me semblait le plus solennellement du monde que mon appartement du Hilton, plongé dans ces ténèbres égyptiennes, envahi par la fumée et la suie de mon lumignon de beurre, coupé du monde, avec son téléphone rabâchant des contes de fées, était un des lieux les plus plaisants que l'on pût jamais trouver sur la Terre. En outre, je ressentais un fort désir de caresser la tête de quelqu'un ou tout au moins de serrer la main d'un de mes prochains en le regardant profondément dans les yeux avec une immense bienveillance.

J'aurais pu embrasser sur les deux joues mon pire ennemi. Comme mon beurre fondait, crépitant et fumant, la flamme mourait un peu plus à chaque instant. En découvrant que le mot “beurre” rimait avec “meurt”, je fus pris d'un fou rire, bien que je me brûlasse chaque fois les doigts en essayant de rallumer la mèche de papier. La bougie de beurre jetait une faible lueur, tandis que je fredonnais à mi-voix l'aria de quelque vieille opérette. La fumée me faisait tousser et les larmes me coulaient des yeux, mais je ne m'en souciais pas le moins du monde. En me levant, je butai contre ma valise posée sur le sol et m'étalai de tout mon long. Pourtant, même la bosse, de la grosseur d'un œuf, qui me poussa aussitôt sur le front ne fit que me mettre de meilleure humeur (si toutefois cela était encore possible). Je riais donc, à moitié étouffé par cette fumée qui empestait mais ne pouvait non plus modifier d'un iota mon joyeux enthousiasme. Je m'allongeai sur le lit toujours défait, bien que midi fût passé depuis longtemps. Je songeai au personnel coupable de cette négligence comme à mes propres enfants : à part quelques noms tendres et autres petits mots affectueux, il ne me venait rien à l'esprit. Je pensais même, le temps d'un éclair, que s'il me fallait périr ici étouffé, ce serait la mort la plus drôle, la plus sympathique que l'on puisse jamais souhaiter. Cette affirmation était en si flagrante contradiction avec tout mon tempérament qu'elle eut sur moi l'effet d'une sonnerie d'alarme. Il se produisit dans mon esprit une surprenante dissociation. Il baignait toujours dans une flegmatique clarté, une sorte de bienveillance universelle ; quant à mes mains, elles étaient si avides du désir de caresser quelqu'un, qu'en l'absence de tiers, j'entrepris de me tapoter délicatement les joues et de me tirer espièglement par les oreilles ; je tendis même à plusieurs reprises ma dextre à ma main gauche afin d'échanger une vigoureuse poignée de main. Jusqu'à mes jambes qui tremblaient du besoin de caresser. En dépit de tout cela, en mon for intérieur d'étranges signaux s'étaient allumés. “Il y a quelque chose qui cloche ! criait en moi une voix faible et lointaine. Attention, Ijon, sois vigilant, prends garde ! Cette sérénité n'est guère digne de confiance ! Il faut agir, et vite ! En avant, sus ! Ne reste donc pas affalé comme un quelconque Onassis, baigné de larmes à cause de cette fumée et de cette suie, le front bosselé, plein d'une bienveillance sans limites ! Ce doit être la manifestation de quelque noire trahison !" Malgré ces avertissements, je ne bougeai pas le petit doigt. J'avais soudain la gorge sèche. D'ailleurs mon cœur palpitait depuis un bon moment, mais j'attribuais le phénomène à l'éveil inopiné de cette charité universelle. Poussé par une soif torturante, je me dirigeai vers la salle de bains ; je songeai à cette salade trop salée que j'avais mangée lors du banquet ou plutôt du cocktail ; puis je fis un essai et me représentai MM. J. W., H. C., M., M. W., ainsi que d'autres parmi mes ennemis les plus acharnés. Je constatai que je ne ressentais aucune émotion en dehors du désir de leur donner une chaleureuse poignée de main, un baiser retentissant et de me livrer à un fraternel échange de pensées. Voilà qui était déjà réellement alarmant. Une main sur la tête du robinet chromé, tenant dans l'autre mon verre vide, je demeurai soudain pétrifié. Lentement, je remplis le gobelet et, le visage crispé en une extravagante grimace – j'assistais dans la glace à la lutte qui se jouait sur mes traits –, je le versai à nouveau.

L'eau du robinet. Oui. C'était après en avoir bu que tous ces changements s'étaient produits en moi. Elle devait contenir quelque chose ! Du poison ? Non, je n'en connaissais guère qui pût… À moins que… Il faut dire que je suis un fidèle abonné de la presse scientifique.

Récemment, *Science News* avait brièvement mentionné l'apparition de nouveaux psychotropes du groupe dit des *bénignateurs* (ou bonines) capables d'imposer à notre psychisme une gaieté et une sérénité sans objet. Mais oui ! Je revoyais encore cette notice avec les yeux de l'esprit. Hédonidol, bénéfactorine, empathiane, euphorasol, félicitol, altruisane, bonocarésine et toute une série de dérivés ! En remplaçant les groupes hydroxyles par des amides, on a pu également synthétiser à partir des mêmes corps le furiasol, la coléramine, le sadicol, la flagelline, l'agressium, le frustrandol, l'amokoline, ainsi que nombre d'autres substances rabifères du groupe appelé battérologique (ils incitent en effet à battre et maltraiter son entourage, qu'il soit mort ou vif – le premier rang revenant au cognandol et à la rossamine).

Mes pensées furent interrompues par la sonnerie du téléphone ; en même temps la lumière revint. La voix d'un employé de la réception s'excusait humblement pour la panne, à laquelle on venait à l'instant de remédier. J'ouvris la porte donnant sur le couloir afin d'aérer ma chambre. À première vue, le silence régnait dans l'hôtel. Légèrement étourdi, encore tout débordant du désir de distribuer bénédictions et caresses, je claquai à nouveau la porte, m'assis au milieu de la chambre et entrepris d'en découdre avec moi-même. L'état dans lequel je me trouvais alors est extrêmement difficile à définir. Ma pensée était loin d'être aussi coulante et homogène que je l'expose ici. Chacune de mes réflexions critiques baignait comme dans du miel, engluée dans la gelée paralysante d'une autosatisfaction imbécile ; de chacune d'entre elles dégoulinait un sirop de bons sentiments. Quant à mon esprit, on aurait dit qu'il s'abîmait dans la plus doucereuse des fondrières, comme si je me noyais dans de l'essence de rose et du sucre glacé. Je me forçai à penser à ce qui me répugnait le plus : à cette canaille barbue avec son fusil antipapiste, aux éditeurs de la littérature libérée et à leur festin babylono-sodomique, puis à ces MM. W. C., J. C., M., A. K., ainsi qu'à nombre d'autres coquins et malandrins. Je constatai avec horreur que je les aimais tous et leur pardonnais sans compter – plus encore, de mon esprit surgissaient, tels de petits diables à ressort, quantité d'arguments propres à défendre toute forme de mal et d'abjection. Un torrent de bienveillance débordait sur mon crâne. Ce qui me tourmentait pardessus tout, c'était un phénomène dont ces mots donnent peut-être la meilleure idée : "la poussée vers le bien". Au lieu de penser aux toxines psychotropes, je songeais avidement aux veuves et aux orphelins dont je me serais occupé avec délice. Je ressentais un étonnement croissant en constatant que je leur avais jusque-là prêté bien peu d'attention. Et les pauvres, les affamés, les malades, les misérables ! Grand Dieu ! Je me surpris, à genoux devant ma valise, en train d'en éparpiller le contenu sur le plancher, cherchant ce que j'aurais de mieux à offrir aux besogneux. Puis de faibles sonneries d'alarme retentirent à nouveau dans mon subconscient : "Attention ! Ne te laisse pas aveugler ! Réagis ! Mords ! Cogne ! Sauve-toi !" criait quelque chose en moi, faiblement, mais avec une sorte de désespoir. J'étais cruellement déchiré. J'éprouvais les effets d'une dose si écrasante d'impératif catégorique que j'eusse été incapable de faire du mal à une mouche. "Quel dommage, pensai-je, qu'il n'y ait pas de souris au Hilton, ou tout au moins d'araignées ! Comme je les aurais choyées, adulées ! Mouches, punaises, rats, moustiques, poux, chères petites créatures ! Oh, mon Dieu !" Je bénis en passant la table, la lampe, ainsi que mes propres jambes. Mais ces quelques fragments de lucidité ne me quittaient plus. C'est pourquoi, ployant sous la douleur, je me hâtai d'assener de la main gauche un coup sur ma dextre occupée à bénir. Voilà qui n'était pas mal ! Qui sait, peut-être avais-je trouvé là le salut ? Fort heureusement, la poussée vers le bien avait un caractère centrifuge : ma bienveillance concernait autrui bien plus que moi-même. Pour commencer, je m'envoyai donc quelques coups sur la figure, ce qui eut pour effet de faire grincer ma colonne vertébrale et de me faire voir trente-six chandelles. À la bonne heure, continuons ! Lorsque j'eus la face tout engourdie, j'entrepris de me distribuer des coups de pied dans les chevilles. Heureusement les chaussures que je portais étaient lourdes et pourvues de semelles diablement solides. Après ce traitement consistant en une série de furieux coups de pied, je me sentis mieux, je veux dire moins bien. Prudemment, j'essayai de m'imaginer ce que j'éprouverais en donnant des coups de pied à M. J. C. A. La chose n'était déjà plus tout à fait impossible. Mes chevilles me faisaient un mal de tous les diables, mais sans doute est-ce en m'auto-maltraitant de la sorte que je parvins à me représenter en train d'envoyer une torgnole à M. W. Sans prendre garde à la douleur lancinante, je continuai à me donner des coups. Tout ce qui était pointu faisait l'affaire. J'eus d'abord recours à une fourchette, puis aux épingles retirées d'une chemise toute neuve. Toutefois, cela n'allait pas comme sur des roulettes ; je louvoyais plutôt. Durant quelques instants je fus de nouveau prêt à me jeter au feu pour la meilleure cause. Un geyser de noblesse d'âme et de vertueux abandon recommençait à jaillir du fond de moi. Il n'y avait plus le moindre doute : *l'eau du robinet contenait quelque chose*. Un instant ! J'avais depuis longtemps dans ma valise un somnifère auquel je n'avais pas encore touché. Il avait le don de me mettre d'humeur maussade et agressive, et c'est pourquoi j'évitais d'y recourir. Quelle chance que je ne m'en fusse pas débarrassé ! J'avalai un comprimé avec un peu de beurre fumé (car je me gardais de l'eau comme de la peste), puis j'absorbai avec effort deux pilules de caféine afin de contrebalancer l'effet du somnifère. Je m'assis dans un fauteuil et attendis, débordant d'angoisse – mais aussi de bienveillance universelle –, les résultats de la bataille chimique qui allait se livrer dans mon organisme. L'amour continuait à me faire violence, j'étais radouci comme jamais je ne l'avais été ; il me semblait pourtant que les médicaments du mal commençaient à l'emporter sur ceux du bien. J'étais encore disposé à m'occuper des malheureux, mais cette fois, non sans une certaine sélection. À tout prendre, j'aurais certes préféré être la dernière des canailles, du moins pendant un certain temps.

Au bout d'un quart d'heure la crise semblait passée. Je pris une douche, me frictionnai avec une serviette rêche tout en m'assenant par-ci par-là, à toutes fins utiles, quelques coups sur la figure, disons, à simple titre prophylactique. Je collai des sparadraps sur mes chevilles et mes doigts, comptai mes bleus (dans le feu de l'action je m'étais réellement battu comme plâtre), puis j'enfilai une chemise propre, un costume, arrangeai ma cravate devant le miroir et rajustai ma redingote. Devant la porte je me chatouillai encore un peu les côtes, histoire de garder le moral, mais aussi par prudence ; puis je sortis. Il était temps, car cinq heures approchaient. Contrairement à mon attente, il ne se passait rien d'extraordinaire à l'intérieur de l'hôtel. Je jetai un coup d'œil au bar de mon étage et constatai qu'il était pratiquement désert. La papesse était là, appuyée contre la table. Deux paires de jambes dépassaient du zinc, l'une d'elles prolongée par deux pieds nus. Mais il n'est pas indispensable d'interpréter ce spectacle au moyen de catégories supérieures. D'autres dynamiteurs jouaient aux cartes près du mur, tandis que l'un d'eux grattait sa guitare en chantant une chanson à la mode. En bas, le hall grouillait de futurologues : ils se rendaient précisément à la séance d'inauguration, sans d'ailleurs quitter le Hilton puisque la salle louée pour les conférences se trouvait dans la partie inférieure de l'immeuble. Je fus d'abord surpris, mais après mûre réflexion, je compris que les clients qui fréquentent ce genre d'établissement ne touchent jamais à l'eau du robinet. Ceux qui ont soif prennent du Coca-Cola, du Schweppes, à la rigueur un jus de fruits, du thé ou de la bière. Même pour les cocktails, on utilise des eaux minérales amères et autres boissons mises en bouteilles. D'ailleurs, si quelqu'un avait par mégarde fait la même erreur que moi, il était sans aucun doute en train de se tordre entre ses quatre murs, confiné dans son appartement, s'abandonnant aux spasmes d'un frénétique amour universel. Dans ces conditions, je crus bon de ne souffler un traître mot de mes aventures à personne. Au fond, je n'étais ici qu'un étranger ; on aurait fort bien pu ne pas me croire et m'accuser d'une quelconque aberration ou hallucination. Quoi de plus facile que de me soupçonner d'avoir un penchant pour la drogue ?

Par la suite, on devait me reprocher d'avoir adopté la politique de l'autruche ou celle de l'huître : si j'avais immédiatement tout révélé, les malheurs que l'on connaît ne se seraient pas produits. Mais ceux qui pensent ainsi commettent une erreur bien évidente. J'aurais tout au plus averti les clients de l'hôtel ; or, ce qui se passait au Hilton ne pouvait avoir la moindre influence sur les péripéties politiques de Costaricana.

Avant de me rendre dans la salle de conférences, j'achetai selon mon habitude au kiosque de l'hôtel un petit paquet de journaux locaux. Je n'en achète pas partout, naturellement ; cependant, tout homme cultivé peut deviner approximativement la signification d'un texte rédigé en espagnol, même s'il ne connaît pas cette langue.

Sur le podium, on pouvait voir un panneau tout fleuri sur lequel était affiché l'ordre du jour. Le premier point concernait la catastrophe mondiale urbaine, le second la catastrophe écologique, le troisième l'atmosphérique, le quatrième l'énergétique et le cinquième la nutritionnelle. Après quoi l'on ferait une pause. Les catastrophes technologique, militaire et politique étaient reportées au lendemain, de même que les autres motions hors programme.

Chaque orateur disposait de quatre minutes pour exposer ses thèses, ce qui n'était déjà pas mal, si l'on considère que 198 exposés de 64 pays étaient annoncés. Afin d'accélérer le rythme des débats, chaque participant devait en prendre connaissance tout seul avant le début de la séance. Quant à l'orateur, il s'exprimait exclusivement en chiffres, désignant de la sorte les passages essentiels de son ouvrage. Pour faciliter l'assimilation de sujets si riches, chaque auditeur faisait marcher son magnétophone portatif et son mini-ordinateur (ces derniers devant ensuite mener systématiquement les débats). Stanley Hazelton, de la délégation américaine, choqua d'emblée la salle en répétant avec insistance : "4, 6, 11, ce qui fait 22 ; 5, 9, donc 22 ; 3, 7, 2, 11, ce qui donne encore 22 !" Quelqu'un se leva, criant qu'il y avait tout de même 5, éventuellement 6, 18 et 4. Hazelton repoussa instantanément cette objection en expliquant que de toute façon, c'était 22. Je cherchai la clé numérique dans son exposé et m'avisai que le chiffre 22 désignait la catastrophe définitive. Ensuite le Japonais Hayakawa nous présenta un projet conçu dans son pays. C'était un nouveau modèle de maison de l'avenir, à 800 étages, avec cliniques d'accouchement, crèches, écoles, boutiques, musées, zoos, théâtres, cinémas et crématoires. Le plan prévoyait des locaux souterrains pour abriter les cendres des défunts, une télévision à quarante chaînes, des centres d'intoxication et de désintoxication, des pièces ressemblant à des salles de gymnastique pour pratiquer la sexualité de groupe (preuve des idées évoluées des auteurs dudit projet), ainsi que des catacombes réservées aux groupements formant des sous-cultures inadaptées. Il y avait aussi une idée représentant une certaine nouveauté : chaque famille devrait déménager tous les jours de son appartement pour emménager dans un autre ; ces déplacements s'effectueraient selon le mouvement du pion ou du cheval sur l'échiquier. Cela empêcherait l'ennui et la frustration. Pourtant, à tout hasard, ce gratte-ciel d'un volume de 700 km^3, sis au fond des océans et atteignant la stratosphère, serait pourvu de ses propres ordinateurs matrimoniaux assortissant les couples selon le principe du sadomasochisme (les couples sadiques-masochistes et vice versa sont statistiquement les plus solides, chacun trouvant en son partenaire ce dont il rêve). Il y aurait également un centre de thérapeutique antisuicide. Hakayawa, le second délégué japonais, nous montra la maquette de cette maison à l'échelle de 1/10 000. Elle avait son propre stock d'oxygène mais était dépourvue de réserves d'eau et d'aliments, l'immeuble étant projeté de façon à fonctionner en circuit fermé ; toutes les excrétions devaient être régénérées, y compris la sueur de l'agonie et autres sécrétions corporelles. Yahakawa, le troisième Japonais, nous lut une liste de friandises régénérées à partir des excrétions de tout le gratte-ciel ; il y avait entre autres des bananes, du pain d'épices, des crevettes, des huîtres artificielles et même du vin synthétique. En dépit d'une provenance appelant de peu plaisantes associations d'idées, ce dernier ne le cédait en rien aux meilleurs champagnes. On fit circuler dans la salle des échantillons contenus dans de fort jolis flacons, ainsi qu'un petit pâté pour chacun, enveloppé dans de la cellophane. Mais personne ne semblait pressé de boire ; quant aux petits pâtés, ils furent discrètement glissés sous les fauteuils. Je fis comme tout le monde. Le plan original prévoyait que ces maisons pourraient voler au moyen de puissants rotors, ce qui aurait permis d'organiser des excursions collectives ; mais il fallut y renoncer. Primo, parce qu'à l'origine ces immeubles devaient être au nombre de neuf cents millions, secundo, parce que les déplacements semblaient superflus. Même si la maison était pourvue de mille sorties et que ses habitants les utilisaient toutes, l'évacuation totale ne pourrait jamais s'effectuer, car avant que le dernier ne quitte le bâtiment, les enfants nés pendant ce temps-là auraient déjà eu le loisir de grandir.

Les Japonais paraissaient fort satisfaits de leur projet. Ensuite, ce fut Norman Bugnat de la délégation américaine qui prit la parole. Il proposa sept méthodes différentes pour freiner l'explosion démographique. Notamment : dissuasion par la propagande et la police, désérotisation, célibat obligatoire, onanisation, subordination ; et pour les incurables, castration. Chaque ménage devait acquérir le droit de posséder un enfant en passant correctement des examens de trois sortes : copulatifs, éducatifs et anticollusifs. La naissance illégale d'un enfant était passible de sanctions ; la préméditation et la récidive valaient aux coupables la prison à vie. Les jolis petits dépliants et blocs de papier que nous avions reçus avec la documentation du congrès se rapportaient justement à cet exposé. Hazelton et Bugnat suggéraient d'introduire de nouvelles catégories professionnelles, à savoir : invigilateur matrimonial, interdicteur, interrupteur et obturateur. Puis on nous distribua sans tarder le projet d'un nouveau code pénal ; la procréation y serait considérée comme un délit grave, hautement nuisible pour la société. Pendant la distribution il se produisit un incident ; en effet, depuis la galerie réservée au public, quelqu'un jeta dans la salle un cocktail Molotov. Les équipes de secours firent leur devoir (elles se trouvaient sur les lieux, discrètement dissimulées dans les couloirs). Quant aux forces de l'ordre, elles s'empressèrent de recouvrir les sièges et les restes écrasés avec une grande housse en nylon décorée de motifs gais et esthétiques. Comme on pourra le constater, tout avait été prévu. Entre chaque exposé je m'efforçais d'étudier les journaux locaux ; je ne comprenais que vaguement l'espagnol, mais j'appris tout de même que le gouvernement avait envoyé vers la capitale des unités blindées, mis toute la police sur les dents et décrété l'état d'exception. On aurait dit que j'étais le seul à me rendre compte de la gravité de la situation qui régnait au-dehors. À sept heures il y eut une pause ; chacun pouvait ainsi se sustenter, à ses frais, bien entendu. Quant à moi, avant de réintégrer la salle, j'achetai la nouvelle édition spéciale de la revue gouvernementale *Nación*, ainsi que quelques quotidiens du soir, organes de l'opposition extrémiste. Bien que l'espagnol me causât quelque difficulté, la lecture de ces journaux m'étonna fortement : en effet, des articles abondant en considérations d'un optimisme béat sur les liens d'amour unissant tous les hommes – garantie du bonheur universel – voisinaient avec d'autres annonçant partout de sanglantes répressions, et où les extrémistes se répandaient en menaces sur le même ton. Je ne pus m'expliquer cet étrange ravaudage autrement que par l'hypothèse suivante : certains journalistes avaient bu ce jour-là de l'eau du robinet, d'autres non. Ceux de l'organe de droite en avaient naturellement bu moins. En effet, mieux payés que ceux de l'opposition, les employés de la rédaction se réconfortaient pendant le travail en absorbant les alcools les plus coûteux. D'ailleurs, les extrémistes eux-mêmes, bien que notoirement enclins à une certaine ascèse au nom de leurs mots d'ordre et de leurs idéaux supérieurs, n'avaient apaisé leur soif avec de l'eau qu'en certaines circonstances ; il faut dire que le *quartzupio*, boisson fermentée obtenue à partir du suc d'une plante appelée melmenole, est exceptionnellement bon marché à Costaricana.

Nous venions tout juste de nous carrer dans nos moelleux fauteuils de cuir, et Dringenbaum, un délégué suisse, annonçait le premier chiffre de son discours, lorsqu'une série de détonations sourdes retentirent. Le bâtiment trembla légèrement sur ses fondations et les vitres vibrèrent. Pourtant, les optimistes crièrent que ce n'était qu'un tremblement de terre. Pour ma part, j'étais plutôt enclin à penser qu'un groupe quelconque de contestataires, formant un piquet devant l'hôtel depuis le début des conférences, venaient de lâcher des pétards dans le hall. Mes suppositions s'effondrèrent lorsque retentit un vacarme assourdissant, suivi d'un formidable fracas de tonnerre. On entendait aussi les mitrailleuses avec leur staccato caractéristique. Inutile de se leurrer plus longtemps : Costaricana venait de passer à la phase des combats de rues. Les premiers à s'esquiver de la salle furent les journalistes que la fusillade avait fait se lever d'un bond, telle une sonnerie de clairon. Ils se précipitèrent dans la rue, appelés par le devoir. Le Pr Dringenbaum s'efforça quelques instants encore de poursuivre son pessimiste exposé. Il soutenait en effet que la prochaine étape de notre civilisation serait la cannibalisation, se référant à la célèbre théorie américaine ; d'après ses calculs, si tout continuait sur la Terre comme auparavant, dans quatre cents ans l'humanité serait constituée par une sphère de corps vivants, augmentant à la vitesse de la lumière. Mais de nouvelles déflagrations interrompirent la conférence. Les futurologues désorientés commencèrent à sortir de la salle, se mêlant dans le hall aux membres du congrès de la littérature libérée. À en juger par leur aspect, ces derniers avaient été surpris par le déclenchement des combats alors qu'ils s'adonnaient à des actes témoignant de leur totale indifférence envers les dangers de surpeuplement. Précédées des rédacteurs des éditions A. Knopf, des secrétaires (je ne puis dire qu'elles étaient en négligé, vu qu'en dehors de quelques motifs de style "Op" peints sur la peau, elles n'avaient absolument aucun vêtement) transportaient des pipes d'eau portatives et des narguilés où brûlait un mélange de marijuana, de yohimbine et d'opium. J'appris que les représentants de la littérature libérée venaient justement de brûler l'effigie du ministre des Postes américain ; celui-ci avait en effet ordonné partout où il pouvait la destruction de tous les imprimés incitant à l'exercice collectif de l'inceste. Une fois descendus dans le hall, ils se conduisirent de façon fort indécente, surtout si l'on songe à la gravité de la situation. Les seuls à ne pas porter atteinte aux bonnes mœurs furent ceux dont les forces étaient complètement épuisées ou que la drogue avait plongés dans un état de léthargie. J'entendis des cris provenant des cabines où ils s'attaquaient aux standardistes de l'hôtel ; un individu ventripotent, vêtu d'une peau de léopard et tenant dans une main une torche de haschisch, se déchaînait entre les portemanteaux du vestiaire, agressant le personnel. Aidés par les portiers, les employés de la réception le maîtrisèrent à grand-peine. Du haut de l'entresol quelqu'un nous lança à la figure tout un paquet de photos en couleurs représentant avec exactitude ce que peuvent faire l'un avec l'autre deux êtres sous l'emprise de la libido, et même bien plus. Puis les premiers chars firent leur apparition dans la rue, parfaitement visibles à travers les vitres. Des ascenseurs jaillit une foule terrorisée de philuménistes et de contestataires. Foulant aux pieds les fameux pâtés et entremets apportés par les Japonais, et qui jonchaient à présent le plancher du hall, les nouveaux arrivants se ruèrent dans toutes les directions. Beuglant comme un taureau enragé et assenant des coups de papesse sur tous ceux qui lui barraient la route, l'antipapiste barbu se fraya un chemin à travers la cohue. Je le vis se précipiter hors de l'hôtel, tourner le coin et ouvrir le feu sur des silhouettes en fuite. Apparemment, comme tout authentique adepte d'un extrémisme des plus radicaux, il se souciait au fond bien peu de savoir sur qui il tirait. Le hall, retentissant de cris de terreur et de débauche, se transforma en un véritable pandémonium lorsque les premières baies éclatèrent dans un fracas de verre. Je tentai de retrouver quelques journalistes de ma connaissance. Voyant qu'ils s'esquivaient au-dehors, je partis sur leurs traces car l'atmosphère du Hilton devenait vraiment par trop oppressante. Derrière le rempart de béton bordant l'allée carrossable, sous le toit en auvent de l'hôtel, quelques reporters étaient agenouillés, filmant les environs avec acharnement, ce qui ne rimait d'ailleurs pas à grand-chose. Comme toujours, on avait en effet commencé par mettre le feu aux véhicules munis d'une plaque d'immatriculation étrangère, si bien que des flammes et des nuages de fumée s'élevaient déjà du parking de l'hôtel. Mauvin, de l'AFP, qui se trouvait à mes côtés, se frottait les mains, en se félicitant d'être venu avec une voiture louée chez Hertz. La vue du feu crépitant dans sa Dodge le faisait rire à gorge déployée, ce qui n'était guère le cas de la majorité des journalistes américains. Puis je vis des hommes qui s'efforçaient d'éteindre les automobiles en flammes ; c'étaient surtout des vieillards, pauvrement vêtus, portant dans des seaux de l'eau puisée à la fontaine voisine. Voilà qui donnait à réfléchir. Au loin, au carrefour de l'*Avenida de la Salvación* et de l'*Avenida de la Resurrección*, luisaient faiblement les casques de la police. D'ailleurs, le parvis de l'hôtel et les pelouses qui l'entouraient avec leurs palmiers aux troncs massifs étaient à présent déserts. Les petits vieux s'encourageaient mutuellement d'une voix éraillée en effectuant leur travail de sauvetage, bien que l'âge fît ployer leurs jambes usées. Ce goût du sacrifice me semblait stupéfiant. C'est alors que je me rappelai soudain mes aventures matinales et m'empressai de faire part de mes soupçons à Mauvin. Le bruit de crécelle des mitraillettes, assourdi par des détonations graves, rendait difficile tout échange de paroles. Le visage hâlé du Français refléta un instant une totale incompréhension, puis une lueur apparut soudain dans ses yeux :

— Ah ! rugit-il, s'efforçant de couvrir de sa voix le vacarme. L'eau ! L'eau du robinet, n'est-ce pas ? Grand Dieu, c'est la première fois dans l'histoire que… La *cryptochimiocratie* !

En disant ces mots il se rua comme un forcené à l'intérieur de l'hôtel. Il voulait évidemment s'installer au téléphone. Il me semblait tout de même étrange que les lignes fussent encore en état de fonctionner.

Comme je me tenais au milieu de l'allée, le Pr Trottelreiner, du groupe des futurologues suisses, se joignit à moi. Il se produisit alors ce qui aurait dû arriver depuis longtemps : le cordon déployé des policiers avec leurs casques noirs, leurs cuirasses noires et leurs masques à gaz, l'arme à la main, commença d'encercler tout le complexe du Hilton afin de faire barrage à la foule ; celle-ci émergeait justement du parc qui nous séparait des bâtiments du théâtre municipal. Des détachements spéciaux installèrent avec beaucoup de dextérité des lanceurs de grenades et dirigèrent leurs premières salves sur la foule. Les explosions étaient curieusement faibles mais produisaient d'abondantes volutes de fumée blanchâtre. Tout d'abord, je songeai à du gaz lacrymogène ; mais, loin de s'enfuir ou de réagir par un rugissement de fureur, la foule commença sans erreur possible à se diriger en masse vers ces vapeurs brumeuses. Les cris furent vite étouffés et je perçus à leur place une sorte de litanie ou de chant religieux. Les journalistes qui s'agitaient avec caméras et magnétophones entre le cordon de police et la sortie de l'hôtel se creusaient la tête pour comprendre ce qui s'était passé. Quant à moi, j'avais déjà deviné : la police avait sans aucun doute eu recours à des substances chimiques adoucissantes sous forme d'aérosol. Mais, de l'*Avenida del…* – je ne me rappelle plus laquelle – surgit une deuxième colonne sur laquelle les grenades semblaient ne pas avoir prise ; à moins que ce fût seulement une apparence. On devait dire par la suite que cette colonne avançait dans l'intention de fraterniser avec la police et non de la mettre en pièces. Mais qui donc eût été capable d'une distinction si subtile dans le chaos qui régnait alors ? Les grenades éclataient en salves, puis les lances d'eau faisaient entendre leur crépitement et leur sifflement caractéristiques ; enfin retentirent les décharges des mitrailleuses ; et en un instant, l'air tout entier vibra du vacarme des projectiles. On ne plaisantait plus. Je me tapis derrière le petit mur de béton de l'allée comme derrière le parapet d'une tranchée, entre Stantor et Haynes, du *Washington Post*. En quelques mots je les mis au courant. Ils se montrèrent indignés en apprenant que j'avais d'abord trahi ce secret digne de paraître à la une à un reporter de l'AFP et coururent en rampant jusqu'à l'hôtel. Ils revinrent bientôt, tout déconfits. Les communications avaient été coupées. Stantor avait cependant réussi à rattraper l'officier responsable de la défense de l'hôtel ; il avait appris de sa bouche que, d'un instant à l'autre, des avions arriveraient chargés de *bembes*, c'est-à-dire de Bombes de Mutuelle Bienveillance (BMB). En tout cas, nous fûmes invités à quitter les lieux, tandis que tous les policiers jusqu'au dernier enfilaient des masques à gaz munis d'absorbeurs spéciaux. On nous en distribua également.

Le hasard voulut que le Pr Trottelreiner fût précisément spécialisé en pharmacologie psychotrope. Il me conseilla de n'utiliser en aucun cas mon masque à gaz car son action protectrice devenait nulle en présence d'importantes concentrations d'aérosol. Il se produisait alors dans l'absorbeur le phénomène dit du “saut” : on pouvait en un clin d'œil inhaler une dose plus forte qu'en respirant normalement l'air ambiant. À mes questions il répondit que le seul appareil protecteur serait un simple masque à oxygène. Nous nous rendîmes donc à la réception de l'hôtel où nous trouvâmes le dernier employé demeuré à son poste ; nous suivîmes ses indications et partîmes à la recherche des installations anti-incendie. En effet, les appareils à oxygène du système Draeger en circuit fermé n'y manquaient pas. M'étant équipé de la sorte, je regagnai la rue en compagnie du professeur, au moment où le sifflement strident de l'air déchiré annonçait l'arrivée des premiers avions. Comme on le sait, le Hilton fut *bembardé* par erreur peu après le début des combats aériens. Les résultats se révélèrent catastrophiques. Les *bembes* n'atteignirent certes qu'une aile éloignée de la partie inférieure du bâtiment, là où se tenait, dans des stands loués, l'exposition organisée par la Société des éditeurs libres. Jusque-là aucun des clients de l'hôtel n'avait donc eu à subir le moindre dommage. En revanche, la police chargée de nous protéger dut vilainement écoper. Au bout d'une minute, les accès de mutuelle bienveillance avaient atteint leur paroxysme et revêtaient le caractère d'une véritable épidémie. Sous mes yeux, les policiers arrachèrent leurs masques et, versant d'abondantes larmes de repentir, supplièrent à genoux les manifestants de leur pardonner. Ils leur mirent de force dans les mains de solides matraques et prièrent qu'on les battît le plus fort possible. Puis après un nouveau *bembardement*, lorsque la concentration d'aérosol eut encore augmenté, ils se jetèrent les uns sur les autres afin de caresser et choyer tous ceux qui leur tombaient sous la main. Quelques semaines après la tragédie on parvint, quoiqu'en partie seulement, à reconstituer la façon dont les événements s'étaient déroulés. Le gouvernement avait résolu d'étouffer dans l'œuf le coup d'État qui se préparait en introduisant dans un château d'eau environ 700 m^3 de bénoxyde de dulciane, ainsi que de la supercarésine et du félicitol. On avait coupé l'arrivée d'eau des casernes de la police et de l'armée, mais en l'absence de spécialistes, cette opération devait faire long feu : on n'avait guère tenu compte de ce phénomène du "saut" de l'aérosol à travers les filtres du masque, et moins encore du fait que les différents groupes sociaux utilisaient des quantités nettement différentes d'eau potable.

La conversion des policiers fut une surprise particulièrement cruelle pour les membres du gouvernement. En effet, comme me l'expliqua Trottelreiner, l'action des bénignateurs est d'autant plus puissante que le sujet qui en subit les effets est moins sensible aux impulsions naturelles de l'amabilité et du bien. Ceci explique que lorsque deux avions de la vague suivante eurent *bembardé* le siège du gouvernement, de nombreux hauts fonctionnaires de la police se soient suicidés : ils n'avaient pu en effet supporter les effroyables remords qui s'étaient mis à les ronger à la pensée de la politique suivie jusque-là. Si l'on ajoute à cela que le général Diaz en personne, avant de mettre fin à ses jours d'un simple coup de revolver, fit ouvrir les portes des prisons et relâcher les prisonniers politiques, on comprendra aisément l'exceptionnelle intensité des combats qui firent rage durant la nuit. Les bases aériennes se trouvant à l'écart de la ville n'avaient cependant subi aucun dommage ; les officiers y avaient reçu des ordres qu'ils exécutèrent jusqu'au bout. En revanche, les observateurs militaires et policiers, retranchés dans leurs bunkers hermétiques pour suivre les événements, décidèrent de recourir à des moyens extrêmes, ce qui eut pour effet de plonger toute la ville de Nounas dans la folie d'une immense confusion sentimentale. Au Hilton, nous ne nous doutions évidemment de rien. Il allait être onze heures, lorsque sur la scène des combats – sur la place et dans les palmeraies alentour – apparurent les premières unités blindées de l'armée. Il leur fallut étouffer les accès de mutuelle bienveillance de la police, et ceci ne put se faire sans effusion de sang. Le malheureux Alphonse Mauvin se tenait à un pas seulement de l'endroit où venait d'éclater une grenade adoucissante. La violence de l'explosion lui arracha les doigts de la main gauche, ainsi que l'oreille gauche. Il m'assura pourtant que, depuis longtemps, cette main ne lui servait à rien ; quant à l'oreille, à quoi bon en parler ? Si je le désirais il s'empresserait de m'offrir l'autre. Il alla même jusqu'à sortir un canif de sa poche. Je le désarmai doucement et le conduisis au poste de secours improvisé. Là, les secrétaires des éditeurs libres prirent soin de lui, pleurant toutes comme des Madeleine par suite de leur conversion chimique. Non contentes de s'être vêtues, elles s'étaient couvert le visage de voiles improvisés afin de n'induire personne en tentation. Quelques-unes, parmi les plus atteintes, s'étaient rasé la tête. Malheureuses créatures ! En revenant du poste de secours, j'eus l'incroyable déveine de me heurter à un groupe d'éditeurs. Tout d'abord, je ne les reconnus pas. Ils s'étaient affublés de vieux sacs de jute et ceints de cordes qui leur servaient en même temps à se flageller. Criant pitié à qui mieux mieux, ils s'agenouillèrent devant moi, me suppliant de bien vouloir dûment les fustiger pour avoir osé dépraver la société. Imaginez mon étonnement lorsque, observant de plus près ces flagellants, je reconnus parmi eux tous les collaborateurs de *Playboy*, y compris le rédacteur en chef ! Au demeurant, ce dernier ne me lâchait pas, tant les remords lui tenaillaient la conscience. Ils me supplièrent donc, devinant que, grâce à mon masque à oxygène, j'étais le seul à pouvoir toucher à un cheveu de leur tête. Enfin, bien malgré moi, pour avoir la paix, je consentis à exaucer leurs vœux. Ma main faiblissait ; j'étouffais sous mon masque à oxygène et craignais de ne plus trouver de bouteille, une fois celle-ci épuisée. Mais les flagellants avaient formé une longue queue et attendaient impatiemment leur tour. Pour m'en débarrasser, je leur ordonnai de ramasser les énormes planches en couleurs que l'explosion des *bembes* dans l'aile latérale du Hilton avait éparpillées à travers tout le hall, le faisant ressembler à Sodome et Gomorrhe réunis. À ma demande ils rassemblèrent toutes ces paperasses devant l'entrée en un immense tas auquel ils mirent le feu. Par malheur, l'artillerie stationnant dans le parc prit cet autodafé pour un système quelconque de signalisation et concentra son tir sur nous. Je m'esquivai, peu fier de moi. Mais à peine arrivé au sous-sol, je tombai entre les mains de M. Harvey Simworth, l'écrivain qui avait eu l'idée de transformer les contes de fées en récits pornographiques (c'était lui l'auteur du *Petit capuchon rouge* et d'*Ali Baba et les quarante noceurs*). L'homme avait ensuite fait fortune en récrivant les classiques de la littérature mondiale ; il s'était servi d'un procédé très simple, consistant à faire précéder le titre de chaque œuvre des mots : *"La vie sexuelle"* (par exemple : *de Blanche-Neige et des sept nains, de Pierrot et Pierrette, d'Aladin, d'Alice au pays des merveilles, de Gulliver*, et ainsi de suite). Je lui expliquai en vain que j'étais incapable de remuer la main. "Eh bien, cria-t-il en sanglotant, donnez-moi au moins des coups de pied !" Que faire ? Je cédai une fois encore. Après toutes ces épreuves j'étais dans un tel état d'épuisement physique que j'eus grand-peine à atteindre les installations anti-incendie où, fort heureusement, je trouvai encore quelques bouteilles d'oxygène intactes. Sur une bouche d'incendie au tuyau enroulé, le Pr Trottelreiner était assis, plongé dans la lecture des exposés de futurologie, fort aise d'avoir pu enfin trouver un moment libre dans sa carrière de visiteur professionnel des congrès. Les *bembardements* battaient leur plein. En cas de graves chocs philanthropiques (le plus horrible, c'étaient surtout ces accès de bienveillance universelle, accompagnés de fébrilité caressive), le Pr Trottelreiner me conseilla d'utiliser des cataplasmes, ainsi que de fortes doses d'huile de ricin en alternance avec des lavages d'estomac.

Au service de presse, Stantor, Wooley du *Herald*, Sharkey et Küntze, un reporter-photographe travaillant momentanément à *Paris-Match*, jouaient aux cartes, protégés par leurs masques. Les communications étant coupées, ils n'avaient rien de mieux à faire. À peine avais-je pris place parmi eux que Jo Missinger, le doyen du journalisme américain, accourut, criant qu'on avait distribué à la police des comprimés de furiasol pour contrebalancer l'effet des bénignateurs. Il ne fallut pas nous le répéter deux fois ; nous nous ruâmes vers les caves. Mais bientôt, on nous apprit que c'était un faux bruit. Nous sortîmes donc de l'hôtel. Je constatai non sans mélancolie qu'il lui manquait plusieurs douzaines d'étages. Une avalanche de décombres avait englouti mon appartement avec tout ce qui s'y trouvait. Une lueur d'incendie embrasait la quasi-totalité du ciel. Un policier trapu, coiffé de son casque, poursuivait un gamin en hurlant : "Halte là, bon sang ! Puisque je te dis que je *t'aime* !" Mais l'autre faisait la sourde oreille à ces déclarations ; le calme semblait revenu. Et comme les journalistes étaient tenaillés par la curiosité professionnelle, nous nous ébranlâmes prudemment en direction du parc. Non sans une forte participation de la police secrète, il s'y déroulait toutes sortes de messes noires, blanches, roses et mixtes. Tout près s'amassait une immense foule d'individus pleurant à chaudes larmes ; ils brandissaient un écriteau portant une gigantesque inscription : "INSULTEZ-NOUS, NOUS SOMMES DES PROVOCATEURS !" À en juger par la cohue de ces Judas convertis, les sommes déboursées par le gouvernement pour leurs salaires devaient être confortables, au détriment de la situation économique de Costaricana. De retour au Hilton nous aperçûmes un second rassemblement devant la porte. Des chiens policiers métamorphosés en saint-bernard raflaient les meilleurs alcools au bar de l'hôtel et les distribuaient à tous sans distinction. À l'intérieur même du bar, policiers et contestataires mêlés entonnaient tour à tour des chants subversifs et conservateurs. Je jetai un coup d'œil à la cave, mais les scènes de conversion, de cajolerie, de consolation et d'attendrissement qui s'y déroulaient me dégoûtèrent si violemment que je me dirigeai vers les bouches d'incendie où je pensais retrouver le

Pr Trottelreiner. À mon grand étonnement, lui aussi s'était adjoint trois partenaires avec lesquels il jouait au bridge. Le maître de conférences Quetzalcoatl sortit l'as d'atout, ce qui irrita si fort Trottelreiner qu'il quitta la table. Tandis que ses compagnons et moi essayions de le calmer, Sharkey passa la tête par l'entrebâillement de la porte. Il nous déclara qu'il venait de capter sur son transistor un discours du général Aquillo ; celui-ci annonçait partout une répression sanglante de la rébellion au moyen d'un bombardement ordinaire de la ville. Après avoir brièvement délibéré, nous résolûmes de nous replier jusqu'au niveau le plus bas du Hilton, c'est-à-dire dans les égouts situés au-dessous des abris. Comme la cuisine de l'hôtel était enfouie sous les décombres, il n'y avait plus rien à manger. Les contestataires, philuménistes et éditeurs affamés, se gavaient de bonbons au chocolat, de phosphatine et de gelées aphrodisiaques trouvées dans le *centro erotico* abandonné, occupant tout un coin d'une aile de l'établissement. Je vis leur visage changer tandis que les aphrodisiaques et les philtres se mêlaient dans leurs veines aux bénignateurs. Jusqu'où donc irait cette escalade chimique ? Effroyable pensée ! Je vis des futurologues fraterniser avec des décrotteurs indiens, des agents secrets dans les bras du personnel de l'hôtel, l'union d'énormes rats gros et gras avec des chats ; en outre, les chiens policiers léchaient tout le monde sans distinction. Nous progressions lentement, car il nous fallait laborieusement nous frayer un passage à travers la cohue. Le voyage fut particulièrement pénible pour moi, d'autant que, fermant la marche, je portais la moitié des réserves d'oxygène. Cajolé, adulé, baisé aux mains et aux pieds, étouffant sous les embrassades et les caresses, je progressais avec entêtement droit devant moi, lorsque j'entendis enfin le cri de triomphe de Stantor : il venait de trouver l'entrée des égouts ! Dans un ultime effort, nous soulevâmes le pesant couvercle et nous glissâmes l'un après l'autre dans le puits de béton. Tout en soutenant le Pr Trottelreiner, dont un pied venait de glisser sur un barreau de l'échelle de fer, je lui demandai s'il s'était jamais douté que le congrès se déroulerait ainsi. En guise de réponse il voulut me baiser la main, ce qui éveilla immédiatement mes soupçons. Il apparut en effet que son masque avait légèrement glissé et qu'il avait inhalé une bouffée de cet air vicié par les miasmes de la bonté. Nous le fîmes aussitôt passer au supplice, lequel consistait à respirer de l'oxygène pur et à lire tout haut l'exposé de Hayakawa ; c'était une idée de Howler. Le professeur revint à lui, annonçant sa guérison par une savoureuse bordée de jurons, et poursuivit la marche en notre compagnie. Bientôt des taches d'huile luisant à la surface de l'eau apparurent à la faible lueur de notre torche. Nous accueillîmes ce spectacle avec la plus grande joie : dix mètres nous séparaient à présent de la ville *bembardée*. Quel ne fut pas notre étonnement lorsque nous constatâmes que quelqu'un avait songé avant nous à cet asile. Sur le trottoir de béton, la direction du Hilton était installée, au grand complet. Les gérants prévoyants s'étaient munis de fauteuils gonflables en plastique empruntés à la piscine de l'hôtel, ainsi que de radios, d'une batterie de bouteilles de whisky, de Schweppes, et de tout un buffet froid. Étant donné qu'eux aussi possédaient des bouteilles d'oxygène, il n'était pas question qu'ils partageassent quoi que ce fût avec nous. Nous prîmes cependant une attitude menaçante, et comme nous étions numériquement supérieurs, nous réussîmes à les convaincre. Ayant obtenu un accord point tout à fait volontaire, nous nous mîmes en devoir d'engloutir les homards. Et ce fut par ce repas, certes non prévu au programme, que s'acheva la première journée du congrès de futurologie.

Épuisés par les épreuves de cette journée tumultueuse, nous nous disposâmes à passer la nuit dans des conditions plus que spartiates : nous devions en effet nous coucher sur un étroit trottoir de béton portant maintes traces de sa destination première. Le problème le plus urgent fut donc celui de la répartition équitable des fauteuils gonflables dont s'était munie la prévoyante direction du Hilton. Il y avait six sièges pour douze occupants, les six membres de la direction ayant consenti à partager leurs couches avec les secrétaires. Notre groupe, descendu dans les égouts sous la conduite de Stantor, comptait vingt personnes. Il comprenait quelques futurologues, parmi lesquels les Prs Dringenbaum, Hazelton et Trottelreiner, plusieurs journalistes et reporters de la télévision CBS, plus deux volontaires qui s'étaient joints à nous en chemin ; à savoir, un robuste individu que nul ne connaissait, en veste de cuir et culotte de cheval, et la petite Jo Collins, collaboratrice personnelle du rédacteur en chef de *Playboy*. Stantor projetait d'exploiter sa conversion chimique. En chemin je l'avais entendu débattre avec elle du droit d'éditer ses Mémoires en exclusivité. Avec six fauteuils et trente-deux candidats, la situation eut tôt fait de s'envenimer. Alignés de chaque côté des couches convoitées, nous nous jetions des regards en biais. Nous ne pouvions, du reste, faire autrement en raison de nos appareils à oxygène. Quelqu'un proposa qu'à un signe donné tout le monde retire son masque ; il était bien évident qu'en proie à un accès d'altruisme, nous aurions alors la possibilité de liquider l'objet de la dispute. Pourtant, nul ne semblait pressé de mettre à exécution ce projet. Aux termes de longues querelles nous aboutîmes enfin à un compromis : nous convînmes de tirer au sort et de dormir trois heures à tour de rôle. Pour ce faire, nous nous servîmes des coupons détachés de ces jolis petits carnets copulatoires que certains d'entre nous avaient encore sur eux. Le hasard voulut que mon tour de sommeil tombât en premier, en même temps que celui du Pr Trottelreiner – ce dernier, plus maigre et osseux que je ne l'aurais souhaité : il nous fallait en effet partager la couche (ou plutôt le fauteuil). Nos successeurs dans la queue nous réveillèrent brutalement. Tandis qu'ils s'allongeaient sur les sièges encore chauds, nous nous accroupîmes au bord de l'eau, vérifiant avec angoisse la pression de nos bouteilles d'oxygène. Il était désormais évident que le précieux gaz serait épuisé d'ici quelques heures. La perspective d'une délivrance par la bonté semblait inévitable et mettait tout le monde d'humeur maussade. Sachant que j'avais déjà goûté à cet état de grâce, mes compagnons m'interrogèrent avidement sur mes impressions. Je leur assurai que ce n'était pas si terrible, mais je parlais sans grande conviction. Le sommeil nous torturait. Afin de ne pas tomber à l'eau, nous nous attachâmes avec des moyens de fortune à l'échelle de fer qui se trouvait sous la trappe. L'écho d'une déflagration plus forte que toutes les autres m'arracha à une somnolence inquiète. Je scrutai l'obscurité environnante car, par économie, nous avions éteint toutes les lampes, sauf une. D'énormes rats, gros et gras, se hissaient sur le trottoir des égouts. Le spectacle était d'autant plus étrange qu'ils avançaient à la queue leu leu, dressés sur leurs pattes de derrière. Je me pinçai ; mais ce n'était pas un rêve. Je réveillai le Pr Trottelreiner pour lui montrer le phénomène. Il ne sut qu'en penser. Les rats avançaient deux par deux sans nous prêter la moindre attention. En tout cas, ils n'entreprirent pas de nous lécher, ce qui, d'après le professeur, était bon signe. Selon toute probabilité l'atmosphère était pure. Nous retirâmes prudemment nos masques. À ma droite les deux reporters dormaient à poings fermés. Les rats continuaient à se promener, dressés sur deux pattes. Puis, nous nous mîmes à éternuer, le professeur et moi, car quelque chose nous chatouillait les narines. Tout d'abord, je songeai aux odeurs d'égouts ; mais bientôt, j'aperçus les premières radicules. Je regardai mes jambes. Pas d'erreur possible ! Il m'était poussé des racines à peu près à la hauteur des genoux ; plus haut, en revanche, j'avais verdi. Et voilà qu'à présent je bourgeonnais même à l'endroit des bras ! Les bourgeons eurent vite fait de s'épanouir, grossirent à vue d'œil et gonflèrent – un peu pâles, il est vrai, comme ceux des plantes qui poussent dans les caves. Je sentais que j'allais fructifier d'un instant à l'autre. Je voulus demander à Trottelreiner l'explication de ce phénomène, mais je dus élever la voix pour couvrir mes bruissements. Les dormeurs eux aussi ressemblaient à une haie taillée, parsemée de fleurs mauves et écarlates. Les rats broutaient les feuilles, se caressaient les moustaches avec leurs pattes et grossissaient. Encore un peu, pensai-je, et ils seront tout juste bons à enfourcher. Comme tout arbre, je languissais après le soleil. Des coups de tonnerre réguliers me parvinrent, comme venus de très loin. Il y eut une sorte d'éboulement, de détonation, dont l'écho traversa les couloirs. Je commençai à roussir, puis à dorer. Enfin, mes feuilles se mirent à tomber par dizaines. "Comment, déjà l'automne ? pensai-je, étonné. Si vite ? Mais s'il en est ainsi, l'heure du départ est venue !"

Je me déracinai donc et tendis l'oreille pour plus de sûreté. Nul doute : la sonnerie des clairons retentissait. Le rat tout sellé – un spécimen exceptionnel, même pour une monture – tourna la tête et m'observa, de dessous ses paupières qui tombaient en biais, avec les yeux mélancoliques du Pr Trottelreiner. Je me tâtai, pris d'un brusque doute : si c'était le professeur sous les apparences d'un rat, il ne serait point convenable de l'enfourcher ; tandis que si ce n'était qu'un rat, cela n'avait aucune importance. Mais la sonnerie des clairons retentissait. Je sautai à califourchon et retombai dans l'eau des égouts. Il fallut ce bain répugnant pour me dégriser. Tremblant de dégoût et de rage je me hissai sur le trottoir. À contrecœur, les rats me firent un peu de place. Ils continuaient à marcher sur deux pattes. "C'est évident… pensai-je soudain, des hallucinogènes : si je m'étais pris pour un arbre, pourquoi ne se prendraient-ils pas pour des hommes ?" Je cherchai à tâtons mon masque à oxygène afin de l'enfiler au plus vite. Je le trouvai et commençai à le fixer sur mon visage, respirant avec une certaine angoisse. En effet, comment être sûr qu'il s'agissait d'un vrai masque et non d'un mirage ?

Soudain la voûte s'éclaira au-dessus de moi. Je levai la tête et vis que le couvercle était ouvert. Un sergent de l'armée américaine tendait le bras vers moi.

— Plus vite ! cria-t-il, plus vite !

— Comment ? Les hélicoptères sont arrivés ? fis-je en me redressant d'un bond.

— Montez, vite ! cria-t-il.

Les autres aussi s'étaient levés brusquement. Je grimpai le long de l'échelle.

— Enfin, souffla Stantor au-dessous de moi.

En haut, le ciel était éclairé par une lueur d'incendie. Je jetai un regard circulaire ; pas le moindre hélicoptère. Tout juste quelques soldats portant des casques de combat et des courroies de parachutistes. Ils nous distribuèrent une sorte de harnais.

— Qu'est-ce que c'est ? demandai-je, étonné.

— Plus vite, plus vite ! criait le sergent.

Les soldats entreprirent de me caparaçonner.

— Hallucination ! lançai-je.

— Allons donc ! fit le sergent, ce sont des gaines sauteuses, nos petites fusées individuelles ; le réservoir se trouve dans le sac à dos. Attrapez ça !

Il me fourra dans la main une sorte de levier, tandis que le soldat qui se trouvait derrière moi bouclait ma ceinture.

— OK !

Le sergent me donna une bourrade et introduisit quelque chose dans mon sac à dos. Un sifflement long et aigu se fit entendre. Jaillissant de la tuyère du sac, un nuage blanc de vapeur ou de fumée m'enveloppa les jambes, tandis que je m'élevais dans les airs comme une plume.

— Mais je ne sais pas la diriger ! criai-je, filant droit comme une chandelle dans le ciel noir où brûlait la menaçante lueur des incendies.

— Vous apprendrez ! Cap sur l'étoile Polaire ! hurlait d'en bas le sergent.

Je regardai à mes pieds. Je survolais justement un gigantesque amas de décombres ; il n'y a pas si longtemps, c'était encore l'hôtel Hilton. Tout près, on apercevait un minuscule groupe de gens. Plus loin, de sanglantes langues de feu formaient un immense anneau sur le fond duquel apparaissait une tache noire circulaire. C'était le Pr Trottelreiner qui décollait, le parapluie ouvert. Je me tâtai pour vérifier si mes sangles et mes bretelles tenaient bien. Le sac à dos émettait des gargouillis, des clapotis et des crépitements. La vapeur jaillissant du tuyau d'échappement me brûlait de plus en plus les mollets. Je repliai donc les jambes du mieux que je pus ; mais cela me fit perdre ma stabilité. Pendant une bonne minute je tournoyai dans les airs comme une grosse toupie. Puis, sans le vouloir, attrapant le levier, je dus changer quelque chose dans la position des tuyaux d'échappement, car d'un seul coup je partis en vol horizontal. C'était agréable, et la chose aurait été beaucoup plus plaisante encore si j'avais su où j'allais. Je manipulais le levier tout en m'efforçant d'embrasser l'espace qui s'étendait à mes pieds. Les ruines des maisons dessinaient leurs arêtes noires sur le front des incendies. Je vis que des filaments de feu, bleus, rouges et verts, s'élançaient vers moi depuis la Terre. L'air siffla à mon oreille. Je compris qu'on me tirait dessus. Plus vite, plus vite ! Je poussai le levier. Le sac émit un ronflement et un crépitement de locomotive souffreteuse m'inonda les jambes d'une vapeur bouillante et me donna une poussée si violente que je filai en culbutant dans l'espace noir comme du goudron. Le vent mugissait à mes oreilles ; je sentis mon canif, mon portefeuille et autres menus objets glisser de ma poche. Je tentai de plonger pour les rattraper, mais ils avaient disparu de mon champ visuel. J'étais seul sous les étoiles silencieuses et volais au milieu des sifflements, bruissements et clapotements. Je m'efforçai de repérer l'étoile Polaire afin de mettre le cap dessus. Lorsque j'y parvins, mon sac exhala son dernier soupir et je me précipitai dans le vide à une vitesse accélérée. Par bonheur, juste au-dessus du sol – je voyais serpenter le ruban brumeux de la chaussée et distinguais l'ombre des arbres et des toits – le sac cracha une dernière fois son reste de vapeur. Le recul freina ma chute, si bien que j'atterris assez doucement sur l'herbe. Quelqu'un gisait non loin de là dans un fossé et gémissait. "Ce serait tout de même extraordinaire, me dis-je, si c'était le professeur !" C'était bien lui. Je l'aidai à se relever. Il se tâta partout et se plaignit d'avoir perdu ses lunettes. Mais à part cela il n'avait aucun mal. Il me pria de l'aider à défaire son sac. Il s'agenouilla et sortit quelque chose de la poche latérale ; on aurait dit de petits tuyaux d'acier avec une roue.

— Et maintenant, le vôtre…

Il sortit une autre roue de mon sac, bricola un moment et s'exclama enfin :

— Montez ! Nous partons.

— Qu'est-ce que c'est ? Où donc ? demandai-je, abasourdi.

— Un tandem. Nous allons à Washington, répliqua laconiquement le professeur, un pied sur la pédale.

— Hallucination ! m'exclamai-je soudain.

— Qu'est-ce que vous racontez ! s'indigna Trottelreiner, c'est un simple équipement de parachutiste.

— Bien, bien, mais comment ça se fait que vous vous y connaissiez ? fis-je en m'installant sur la selle arrière.

Le professeur recula, et nous roulâmes dans l'herbe jusqu'à ce qu'apparût une chaussée goudronnée.

— Je travaille pour l'US Air Force ! me cria le professeur pour toute réponse, pédalant avec acharnement.

Si ma mémoire était bonne, le Pérou et le Mexique nous séparaient encore de Washington, sans parler de Panama.

— Nous n'y arriverons pas à vélo ! hurlai-je contre le vent.

— Nous allons seulement jusqu'au point de rassemblement ! me répondit Trottelreiner.

N'était-il donc pas le simple futurologue dont il se donnait l'apparence ? Dans quelle galère m'étais-je embarqué… Et puis, qu'avais-je à faire à Washington ? Je commençai à freiner.

— Qu'est-ce qui vous prend ? Pédalez donc ! gronda sévèrement le professeur, penché sur son guidon.

— Non ! Nous nous arrêtons. Moi, je descends ! rétorquai-je d'un ton décidé.

Le tandem vacilla et ralentit. Mettant un pied à terre, Trottelreiner m'indiqua d'un geste railleur les ténèbres qui nous environnaient.

— Comme vous voudrez. Bonne chance !

Et il démarra aussitôt.

— Dieu vous le rende ! criai-je en le regardant s'éloigner.

L'étincelle rougeoyante du cataphote disparut dans le noir. Décontenancé, je m'assis sur une borne afin de réfléchir à la situation.

Quelque chose me piqua à la cheville. Je portai machinalement la main à mes jambes, découvris en tâtonnant quelques rameaux et commençai à les détacher. Ce fut douloureux. "Si ce sont là mes propres pousses, pensai-je, je suis encore prisonnier d'une hallucination !" Je me penchais pour le vérifier, lorsqu'une violente clarté me frappa. Derrière le tournant brillèrent des phares argentés ; l'ombre gigantesque d'une voiture approcha au ralenti, les portières s'ouvrirent. À l'intérieur brûlaient les petites raies vertes, bleues et mordorées des lumières sur le tableau de bord. Une terne lueur nimbait une paire de jambes féminines moulées dans des bas ; les pieds chaussés de lézard doré reposaient sur les pédales. Un visage sombre aux lèvres écarlates s'inclina vers moi, et les brillants ornant les doigts qui tenaient le volant jetèrent des étincelles.

— Je vous prends ?

Je montai, si stupéfait que j'en oubliai mes rameaux. Je passai furtivement la main le long de mes jambes. Ce n'étaient que des chardons.

— Comment ? Déjà ? fit une voix grave au timbre sensuel.

— Quoi, déjà ? demandai-je, complètement déboussolé.

Elle haussa les épaules. Le bolide se lança en avant ; elle appuya sur un bouton. Le soir tombait, devant nous courait l'unique lambeau de route éclairé. Du tableau de bord jaillit une mélodie cliquetante.

“C’est pourtant curieux, pensai-je, tout ça ne colle pas très bien. Ça n’a ni queue ni tête. Bien sûr, ce ne sont pas des rameaux ; rien que des chardons. Et pourtant, pourtant !”

J’observai l’inconnue. Elle était indubitablement belle, à la fois tentante, démoniaque et abricotée. Toutefois, en guise de jupe, elle portait des plumes. Des plumes d’autruche ? Une hallucination ?… D’autre part, la mode féminine d’aujourd’hui… Je ne savais qu’en penser. La chaussée était déserte. Nous filions, et l’aiguille du tachymètre penchait vers l’extrémité du cadran. Tout à coup une main m’agrippa les cheveux par-derrière. Je sursautai. Des doigts terminés par des griffes acérées me grattèrent la nuque de façon plus caressante qu’agressive.

— Qui est-ce ? Qu’est-ce que c’est ?

J’essayai de me dégager. Mais je ne pouvais pas bouger la tête.

— Lâchez-moi donc !

Des lumières apparurent, puis une grande maison. Le gravier crissa sous les pneus, la voiture prit un virage brusque, roula jusqu’en bordure du trottoir et s’arrêta.

La main qui tenait toujours fermement ma chevelure appartenait à une autre femme, vêtue de noir, pâle, élancée, portant des lunettes fumées. La portière s’ouvrit.

— Où sommes-nous ? demandai-je.

Sans mot dire elles se précipitèrent vers moi ; celle qui était au volant me poussa, tandis que l’autre, debout sur le trottoir, me tirait. Je sortis maladroitement du véhicule. À l’intérieur de la maison, on devait s’amuser. J’entendais de la musique, des cris d’ivrognes ; un jet d’eau virait au jaune et au pourpre sous la lumière d’une fenêtre, devant l'allée. Mes compagnes me saisirent fermement sous les bras.

— Mais je n'ai pas le temps ! balbutiai-je.

Elles ne prêtèrent nullement attention à mes propos. La noire se pencha et, me soufflant à l'oreille son haleine chaude, fit :

— Hou !

— Pardon ?

Nous étions arrivés devant la porte. Elles se mirent à rire, l'une et l'autre, non tant avec moi que de moi. Tout en elles me rebutait. En outre, elles étaient de plus en plus petites. S'étaient-elles agenouillées ? Non, leurs jambes se couvraient de plumes.

— Eh bien, dis-je, non sans un certain soulagement, ce n'est donc qu'une hallucination !

— Quelle hallucination, espèce de nouille ! éclata la fille à lunettes.

Elle leva son sac à main brodé de perles noires et me frappa en plein sur l'occiput, si fort que je gémis.

— Voyez-moi un peu cet hallucinant ! cria l'autre.

Un second coup violent m'atteignit au même endroit. Je tombai, me cachant la tête dans les bras. J'ouvris les yeux. Le Pr Trottelreiner était penché sur moi, le parapluie à la main. J'étais étendu sur le trottoir des égouts. Les rats allaient et venaient de plus belle, deux par deux.

— Où donc avez-vous mal ? interrogea le professeur. Ici ?

— Non, là… dis-je en lui montrant mon occiput enflé.

Il saisit son parapluie par la pointe et m'en assena un coup à l'endroit douloureux.

— À l'aide ! criai-je, arrêtez donc ! Qu'est-ce que vous…

— Je vous viens justement en aide ! rétorqua impitoyablement le futurologue. Je ne dispose malheureusement d'aucun autre antidote !

— Mais au moins pas avec le bout ferré, pour l'amour de Dieu !

— C'est plus sûr comme ça.

Il me frappa encore une fois et se retourna pour appeler quelqu'un. Je fermai les yeux. La tête me faisait cruellement souffrir. Je sentis que l'on me tirait. Le professeur et l'homme à la veste de cuir me saisirent par les mains et les pieds et commencèrent à me transporter quelque part.

— Où allons-nous ? m'écriai-je.

Des gravats se détachèrent de la voûte frémissante et se répandirent sur mon visage. Je sentis que mes porteurs avançaient au-dessus d'une planche vacillante, peut-être une passerelle, et je me mis à trembler, de peur qu'ils ne glissent.

— Où m'emmenez-vous ? demandai-je faiblement.

Mais personne ne me répondit. L'air résonnait d'un vacarme ininterrompu. Puis le ciel fut éclairé par la lueur des incendies. Nous étions déjà à la surface. Des hommes en uniforme saisissaient l'un après l'autre tous ceux que l'on sortait de la bouche d'égout et les projetaient assez brutalement par l'ouverture d'une porte. J'eus la vision fugitive d'énormes lettres peintes en blanc – USA ARMY COPTER 1 109 849 – et tombai sur un brancard. Le Pr Trottelreiner passa la tête à l'intérieur de l'hélicoptère.

— Excusez-moi, Tichy ! s'exclama-t-il. Je vous demande pardon ! Mais il le fallait !

Un individu qui se tenait derrière le professeur lui arracha le parapluie des mains, lui en assena deux coups sur le crâne et le poussa si fort que le futurologue s'affala parmi nous en geignant. En même temps, on entendit le bruissement des hélices, le ronflement des moteurs, et l'appareil s'éleva majestueusement dans les airs. En se frottant délicatement la nuque, le professeur s'assit près du brancard sur lequel j'étais étendu. Je l'avoue, tout en comprenant qu'il avait agi en vrai Samaritain, ce fut avec une certaine satisfaction que je constatai l'apparition d'une énorme bosse sur son crâne.

— Où allons-nous ?

— Au congrès, fit Trottelreiner tout en continuant à faire la grimace.

— C'est-à-dire… comment cela, au congrès ? Mais il a déjà…

— Intervention de Washington, m'expliqua laconiquement le professeur. Nous allons poursuivre les débats.

— Où donc ?

— À Berkeley.

— Au campus ?

— Oui. Auriez-vous par hasard sur vous un couteau ou un canif ?

— Non.

L'hélicoptère fut violemment secoué. Flammes et tonnerre firent éclater la cabine d'où nous fûmes éjectés l'un après l'autre – dans l'obscurité sans fin. Mon supplice dura longtemps encore. Il me sembla entendre le son plaintif des sirènes ; quelqu'un tranchait mes vêtements avec un couteau. Je perdis conscience plusieurs fois, puis revins à moi. La fièvre me secouait, de même que la route cahotante. Je distinguais le plafond blanc et terne de l'ambulance. À côté de moi gisait une forme allongée, une sorte de momie enveloppée de bandages. En voyant le parapluie solidement attaché, je reconnus le Pr Trottelreiner. “Sauvé… pensai-je furtivement. Quelle chance que nous ne nous soyons pas écrasés !” Tout à coup le véhicule chancela avec un crissement aigu de pneus, et culbuta. Flammes et tonnerre fendirent la carrosserie de tôle. “Encore ?” me dis-je ; et ce fut là ma dernière pensée avant que je sombre dans les ténèbres de l'oubli. En ouvrant les yeux j'aperçus une coupole de verre au-dessus de moi. Des hommes en blanc, le visage protégé par des masques de chirurgiens, les bras levés en un geste sacerdotal, discutaient à mi-voix.

— Oui, c'était Tichy, captai-je. Ici, dans ce bocal. Non, non, seulement le cerveau ; le reste est inutilisable. Donnez donc l'anesthésie !

Un cercle de nickel enrobé de coton me voilà tout. Je voulus crier au secours, mais j'absorbai le gaz brûlant et me diluai dans le néant. Lorsque vint à nouveau le réveil, je ne pus ouvrir les yeux, bouger les mains ni les jambes, comme si j'étais paralysé. Je renouvelai plusieurs fois mes efforts, sans prendre garde à la douleur qui me transperçait tout le corps.

— Doucement ! Ne vous agitez pas comme ça ! fit une voix douce et mélodieuse.

— Quoi ? Où suis-je ? Que m'est-il arrivé ?… balbutiai-je.

On aurait dit que mes lèvres, mon visage entier ne m'appartenaient pas.

— Vous êtes dans un sanatorium. Tout va bien. Ayez confiance. Nous allons tout de suite vous apporter à manger…

— Mais je ne peux pas… avec quoi ? voulus-je répondre.

J'entendis un bruit de ciseaux. Des couches entières de gaze tombèrent de mon visage. Je vis enfin clair. Deux infirmiers de haute taille me prirent délicatement mais fermement sous les bras et me mirent debout. Je m'étonnai de les voir aussi grands. Ils m'installèrent dans un fauteuil roulant. Devant moi fumait un bouillon d'aspect appétissant. Je fis machinalement un geste pour prendre la cuillère, et remarquai alors que la main qui venait de la saisir était petite et noire comme de l'ébène. Je la levai jusqu'à la hauteur des yeux. Puisque je pouvais la remuer comme je voulais, c'était donc bien la mienne. Mais comme elle avait changé ! Je voulus demander la cause du phénomène et me soulevai de mon siège. Mes yeux rencontrèrent alors un miroir sur le mur d'en face. Dans le fauteuil roulant était assise une Noire jeune et jolie, vêtue d'un pyjama et enveloppée de bandages. Ses traits figés exprimaient la stupeur. Je me touchai le nez. Le reflet dans la glace fit de même. Je commençai à me tâter la face, le cou ; en arrivant à la poitrine je poussai un cri de terreur. J'avais une toute petite voix.

— Grand Dieu !

L'infirmière réprimanda le coupable qui avait oublié de voiler le miroir. Puis elle se tourna vers moi :

— Ijon Tichy, n'est-ce pas ?

— Oui. C'est-à-dire… oui, oui ! Mais qu'est-ce que ça signifie ? Cette jeune fille… cette demoiselle toute noire ?

— Transplantation. C'était le seul moyen. Il s'agissait de vous sauver la vie ; de vous sauver, … c'est-à-dire votre cerveau ! fit précipitamment l'infirmière.

Toutefois, elle articulait distinctement en me tenant les deux mains.

Je fermai les yeux puis les rouvris. J'allais me trouver mal. Le chirurgien entra ; l'indignation la plus forte se lisait sur son visage.

— Qu'est-ce que c'est que cette pagaille ! Le malade peut recevoir un choc !

— C'est déjà fait, repartit l'infirmière. C'est à cause de Simmons, professeur, je lui avais pourtant dit de voiler le miroir !

— Un choc ? Eh bien, qu'est-ce que vous attendez ? Au bloc opératoire ! ordonna le professeur.

— Non ! Assez, assez ! m'écriai-je.

Mais nul ne prêtait l'oreille à mes piaillements virginaux. Une bâche blanche me recouvrit les yeux et le visage. J'essayai de me dégager ; en vain. J'entendis et sentis les roues caoutchoutées du chariot rouler sur le carrelage. Une effroyable explosion retentit, les vitres éclatèrent avec un fracas aigu. Flammes et tonnerre envahirent le couloir de l'hôpital.

— Les contestataires ! Les contestataires ! hurla quelqu'un.

Le verre crissa sous les semelles des fuyards. Je voulus arracher la toile qui m'entravait, mais je n'y parvins pas. Je sentis une horrible douleur au côté et perdis conscience.

Je me réveillai en pleine gelée. De la gelée d'airelles qui manquait nettement de sucre. J'étais étendu sur le ventre ; quelque chose de gros et d'assez mou pesait sur moi. Je m'en dégageai. C'était un matelas. Des fragments de brique me criblaient douloureusement les genoux et la surface des mains. Je recrachai des pépins d'airelles et des grains de sable tout en me hissant à la force des poignets. Ma petite chambre semblait avoir souffert d'un bombardement. Les cadres des portes avaient sauté, les dernières arêtes de verre qui n'avaient pas été broyées pendaient en direction du plancher. Le sommier du lit renversé était couvert de suie. À côté de moi gisait une grande feuille imprimée, toute maculée de gelée. Je la pris et me mis à lire.

Cher client (nom et prénom), Vous vous trouvez actuellement dans notre hôpital expérimental d'État. L'intervention qui vous a sauvé la vie était grave – très grave (rayez la mention inutile). Nos meilleurs chirurgiens ont eu recours aux techniques les plus récentes et vous ont fait subir une série de deux – trois – quatre – cinq – six – sept – huit – neuf – dix opérations (rayez les mentions inutiles). Dans votre intérêt ils se sont vus contraints de remplacer certaines parties de votre corps par des organes recueillis chez d'autres sujets, conformément à la loi fédérale, H. G. et Sen. (Décret pub. au JO 1989/001/89/1). Cet aimable communiqué dont vous prenez actuellement connaissance a pour but de vous aider à vous adapter au mieux à vos nouvelles conditions d'existence. Nous vous avons sauvé la vie. Toutefois, nous avons été obligés de vous enlever les bras, les jambes, le dos, le crâne, le cou, le ventre, les reins, le foie, d'autres organes (rayez les mentions inutiles). Pour ce qui est du sort de votre dépouille mortelle, vous pouvez être entièrement rassuré. Nous en avons pris soin conformément à votre religion et, fidèles à ses principes, nous l'avons enterrée, brûlée, momifiée, dispersé les cendres au vent, mis les cendres dans une urne, bénie, jetée aux ordures (rayez les mentions inutiles).

La forme nouvelle sous laquelle vous passerez désormais une vie saine et heureuse pourra vous causer quelque surprise ; pourtant, nous vous l'assurons, de même que tous nos respectables clients, vous aurez vite fait de vous y habituer. Nous avons complété votre organisme en utilisant les organes les meilleurs, les plus appropriés, les plus acceptables (rayez les mentions inutiles) dont nous disposions. Nous vous en garantissons le bon fonctionnement pour la durée d'un an, de six mois, d'un trimestre, de trois semaines, de six jours (rayez les mentions inutiles). Vous comprendrez que…

Ici le texte s'achevait brusquement. Je remarquai alors seulement que quelqu'un avait écrit tout en haut de la feuille en majuscules d'imprimerie : IJON TICHY. Oper. 6, 7 et 8. COMPL. Le papier se mit à trembler dans mes mains. Grand Dieu ! qu'était-il resté de moi ? Je craignais même de regarder mon petit doigt. Le dos de mes mains était couvert de gros poils roux. Je frissonnai des pieds à la tête. Pris de vertige, je me levai en m'appuyant contre le mur. Je n'avais pas de seins ; c'était toujours ça. Le silence régnait. Un oiseau gazouillait derrière la fenêtre. Il avait bien choisi son moment, celui-là ! COMPL. Que voulait dire ce COMPL. ? Qui étais-je ? Ijon Tichy. Cela, j'en étais sûr. Alors ? Je commençai par me tâter les jambes. J'en avais bien deux, mais elles étaient torves, en forme de X. Le ventre était désagréablement volumineux. Mon doigt se perdait dans mon nombril comme dans un puits. Des plis graisseux… brrr ! Qu'était-il advenu de moi ? L'hélicoptère, oui… On l'avait abattu ? Ensuite, l'ambulance. Peut-être une grenade ou une mine. Et puis moi, cette petite Noire… enfin, les contestataires dans le couloir ; des grenades ? Alors, elle aussi, la pauvre ?... Une fois de plus... Mais que signifiaient ces décombres, ces gravats ?

— Ohé ! criai-je. Il y a quelqu'un ?

Je m'interrompis, stupéfait. J'avais une voix superbe, une vraie basse d'opéra dont l'écho résonnait puissamment. Je mourais d'envie de me regarder dans la glace, mais j'avais très peur. Je levai la main à la hauteur de ma joue. Mon Dieu ! de grosses boucles frisées... Je me penchai, et vis une barbe tombant sur mon pyjama jusqu'à mi-poitrine, dépenaillée, bouclée, rousse. Ahaenobarbus ! Barberousse ! Évidemment, il suffisait de se raser... Je jetai un coup d'œil sur la terrasse. L'oiseau gazouillait toujours, cet imbécile ! Peupliers, sycomores, buissons – qu'était-ce donc ? Un jardin. Celui de l'hôpital d'État ?... Quelqu'un était assis sur un banc, le pantalon du pyjama retroussé, et se faisait bronzer.

— Ohé ! criai-je.

Il se retourna, et j'aperçus un visage étrangement familier. Je clignai des yeux. Mais c'était le mien, c'était moi ! En trois bonds je fus à l'extérieur. Je scrutai en haletant ma propre silhouette. Aucun doute ; c'était bien moi !

— Qu'est-ce que vous regardez comme ça ? fit l'autre avec ma voix, d'un ton hésitant.

— Comment ça se fait que vous... ? balbutiai-je. Qui êtes-vous donc ? De quel droit...

— Ah ah ! c'est vous !

Il se leva.

— Je suis le Pr Trottelreiner.

— Mais enfin, pourquoi... pour l'amour de Dieu, pourquoi... qui...

— Je n'y suis pour rien, dit-il gravement. (Mes lèvres tremblaient sur son visage.) Ils se sont infiltrés ici, vous savez, des hippies, des contestataires. Une grenade… Votre cas a été jugé désespéré. Le mien aussi. J'étais à côté de vous, dans le box voisin.

— Comment ça, "désespéré" ! éclatai-je. Je vois bien que… Comment avez-vous pu !

— Mais puisque j'avais perdu conscience ! Je vous en donne ma parole ! Le Dr Fisher, le chirurgien en chef, m'a tout expliqué : ils ont commencé par prendre les organes et les corps les mieux conservés ; si bien que quand mon tour est arrivé, il ne restait plus que les rebuts, alors…

— Comment osez-vous ! Non seulement vous vous êtes approprié mon corps, mais encore vous faites le dégoûté !

— Pas du tout, je me contente de répéter ce que m'a dit le Dr Fisher ! D'abord, les médecins ont jugé que cela (il indiqua sa poitrine) était inutilisable ; mais faute de mieux, ils ont entrepris la réanimation. Vous aviez alors déjà été transplanté…

— J'avais été… ?

— Mais oui. Votre cerveau !

— Qui est-ce donc ? Je veux dire, qui était-ce ? fis-je en me désignant.

— Un de ces contestataires. Un de leurs chefs, probablement. Il ne savait pas bien se servir du détonateur et il a reçu un éclat dans le cerveau. C'est ce que l'on m'a dit. Alors voilà…

Trottelreiner haussa mes épaules. Je frissonnai. Je me sentais mal à l'aise dans ce corps ; je ne savais quelle attitude adopter vis-à-vis de lui. Je me dégoûtais. Ces gros ongles carrés n'étaient guère signe d'intelligence.

— Et que va-t-il se passer maintenant ? murmurai-je en m'asseyant à côté du professeur, car mes genoux fléchissaient. Auriez-vous une petite glace ?

Il en sortit une de sa poche. Je la saisis avidement et vis un gros œil au beurre noir, un nez poreux, des dents en fort mauvais état, ainsi qu'un double menton. Le bas du visage était noyé dans une barbe rousse. En rendant le miroir, je m'aperçus que le professeur exposait de nouveau ses chevilles et ses genoux au soleil. Instinctivement, je voulus le prévenir que j'avais une peau extrêmement sensible ; mais je me mordis la langue. S'il attrapait un coup de soleil, ce serait son affaire, plus la mienne !

— Où aller maintenant ? fis-je malgré moi.

Trottelreiner s'anima. Ses (ses ?) yeux intelligents se posèrent avec pitié sur mon (mon ?) visage.

— Je vous conseillerais de n'aller nulle part ! *Il* était recherché par la police de l'État et le FBI pour une série d'attentats. Il y a des mandats d'arrêt, des ordres *shoot to kill**.

Je frémis. Il ne manquait plus que cela !

— Mon Dieu, ce n'est peut-être qu'une hallucination ! pensai-je tout haut.

— Allons donc ! nia vivement Trottelreiner. C'est la réalité, cher monsieur, la plus pure réalité !

— Et pourquoi l'hôpital est-il désert ?

— Vous ne savez donc pas ? Ah, c'est vrai, vous aviez perdu conscience ! Il y a la grève.

— Des médecins ?

* En anglais dans le texte original. *(N.d.T.)*

— Oui. De tout le personnel. Des extrémistes ont enlevé le Dr Fisher. Ils exigent qu'on vous livre à eux en échange de sa libération.

— Qu'on me livre, *moi* ?

— Mais oui ! Ils ignorent que vous n'êtes plus vous, mais Ijon Tichy.

Ma tête éclatait.

— Je vais me suicider ! dis-je d'une voix de basse enrouée.

— Je vous le déconseille. Voulez-vous qu'on vous transplante encore une fois ?

Je réfléchis fiévreusement au moyen de me convaincre qu'il ne s'agissait pas, malgré tout, d'une hallucination.

— Et si je vous… commençai-je en me levant.

— Quoi donc ?

— Si je vous enfourchais ? Qu'en diriez-vous ?

— Enf… comment ? Auriez-vous perdu la tête ?

Je le dévisageai, pris mon élan, sautai à cheval, et tombai dans l'eau des égouts. Je faillis m'étrangler avec ce brouet noir et malodorant. Pourtant, quel soulagement ! Je me hissai sur le bord. Les rats étaient déjà beaucoup moins nombreux. Ils avaient dû aller s'ébattre ailleurs. Il n'en restait que quatre. Aux pieds du Pr Trotelreiner profondément endormi, ils jouaient au bridge avec ses cartes. Cela me fit peur. Même en admettant que la concentration d'hallucinogènes fût exceptionnellement élevée, était-il possible que des rats pussent réellement faire un bridge ? Je regardai le jeu du plus gros. Il tripotait ses cartes sans rime ni raison. Cela n'avait rien à voir avec le bridge ! Ouf… ce n'était donc rien. Je respirai.

À tout hasard, je pris la ferme décision de ne pas m'éloigner d'un seul pas du bord de l'eau, quoi qu'il arrive. J'en avais vraiment assez de toutes ces formes de sauvetage, du moins pour un certain temps. La prochaine fois, j'exigerais d'abord une garantie. Sinon, Dieu sait dans quels fantasmes j'allais encore retomber ! Je me tâtai le visage. Ni barbe ni masque. Qu'était-il arrivé à mon appareil ?

— En ce qui me concerne, fit le Pr Trottelreiner sans ouvrir les yeux, je suis une honnête fille, et j'espère que vous voudrez bien en tenir compte.

Il tendit l'oreille comme pour écouter la réponse, puis ajouta :

— Ce n'est point là de ma part une fausse vertu destinée à attiser davantage encore un désir émoussé, mais la pure vérité. Je vous prierai de ne pas me toucher, sinon je me verrai dans l'obligation d'attenter à mes jours.

"Ah ah ! pensai-je, devinant soudain. Il a donc hâte lui aussi de se jeter à l'eau !"

Légèrement rassuré, j'écoutai la suite ; le fait que le professeur eût des hallucinations me semblait être la preuve que, de mon côté, au moins, je n'en avais pas.

— Bien sûr, je peux vous chanter quelque chose, disait entre-temps le professeur, une petite chanson n'engage à rien. M'accompagnerez-vous ?

Mais peut-être parlait-il tout simplement dans son sommeil ? En ce cas, je n'étais guère mieux renseigné. Et si je l'enfourchais pour voir ? Tout compte fait, je pouvais fort bien sauter à l'eau sans son intermédiaire.

— À vrai dire, je ne suis pas tellement en voix, et puis maman m'attend. Non, non, ne me raccompagnez pas ! déclara catégoriquement Trottelreiner.

Je me levai et promenai ma lampe dans toutes les directions. Les rats avaient disparu. Les futurologues suisses ronflaient côte à côte contre le mur. Non loin de là, sur les fauteuils gonflables, les reporters étaient allongés, pêle-mêle avec les gens de la direction. Le sol était jonché d'os de poulet rongés et de boîtes de bière. "Si c'est une hallucination, me dis-je, elle est vraiment très très réaliste." Je voulais cependant en avoir le cœur net. Dieu sait comme j'aurais préféré revenir définitivement et irrévocablement à la réalité ! Et que se passait-il donc là-haut ?

Des explosions de bombes, ou peut-être de *bembes*, retentissaient sourdement, à intervalles éloignés. J'entendis un clapotis sonore, tout proche. La surface noire des eaux se fendit, laissant apparaître le visage du Pr Trottelreiner, déformé par une grimace. Je lui tendis la main. Il se hissa sur le bord, s'ébroua et déclara :

— J'ai fait un rêve idiot.

— Un rêve de jeune fille, n'est-ce pas ? jetai-je machinalement.

— Au diable ! C'est donc toujours une hallucination !

— Qu'est-ce qui vous fait dire ça ?

— Ce n'est que dans les divagations de ce genre que les autres connaissent le contenu de nos rêves.

— J'ai tout simplement entendu ce que vous disiez, expliquai-je. Professeur, en tant que spécialiste, ne connaîtriez-vous pas un moyen infaillible de se convaincre que l'on est en possession de tout son bon sens, ou au contraire en proie à des fantasmes ?

— J'ai toujours sur moi un vigilifère. Mon sac est trempé, mais les comprimés n'ont pas dû en souffrir. Il met fin à tous les états crépusculaires, à tout ce qui est vision, hallucination et cauchemar. Voulez-vous essayer ?

— Peut-être votre substance elle-même est-elle vraiment efficace, grommelai-je, mais sûrement pas *l'illusion* de cette substance.

— Si nous sommes en train d'halluciner, nous nous réveillerons ; sinon, il ne se passera absolument rien, m'assura le professeur, se mettant dans la bouche un comprimé rose pâle.

J'en sortis un pour moi aussi du sac mouillé qu'il me tendit. Le cachet roula sur ma langue avant de glisser dans la gorge. La bouche d'égout s'ouvrit bruyamment au-dessus de nous, et une tête coiffée d'un casque de parachutiste hurla :

— Vite, montez ! Nous partons ! Allez, vite, debout !

— Des hélicoptères ou des gaines ? demandai-je d'un air entendu. En ce qui me concerne, sergent, vous pouvez aller vous faire fiche !

Et je m'assis devant le mur, croisant les mains sur ma poitrine.

— Il a perdu la tête ? fit le sergent d'un ton persuasif à l'adresse de Trottelreiner, qui s'était mis à grimper le long de l'échelle.

Tout le monde commença à s'agiter. Stantor tenta de me hisser en me tirant par le bras, mais je repoussai sa main.

— Vous aimez mieux rester ici ? À votre guise…

— Non, pas comme ça : "Bonne chance !", rectifiai-je.

Ils disparurent l'un après l'autre par la trappe ouverte. J'apercevais la lueur d'incendie, j'entendais des cris de commandement. Il y eut un sifflement sourd. Je compris qu'on les expédiait à tour de rôle dans les airs à l'aide des sacs volants. "Bizarre, songeai-je, qu'est-ce que ça signifie, au juste ? Est-ce que j'hallucinerais *pour eux, per procura* ? Et puis quoi, vais-je donc rester ici jusqu'à la fin des temps ?"

Pourtant, je ne bougeai pas. Le couvercle claqua bruyamment, et je demeurai seul. La lampe posée à même le béton jetait un anneau de lumière sur la voûte, éclairant faiblement les alentours. Deux rats passèrent. Leurs queues étaient amoureusement enlacées. "Il y a quelque chose là-dessous, me dis-je, mais mieux vaut ne pas s'en mêler."

Un clapotis résonna dans l'eau des égouts.

— Eh bien, grommelai-je dans ma barbe, à qui le tour, maintenant ?

La surface gluante des eaux se fendit, laissant apparaître les silhouettes noires et luisantes de cinq hommes-grenouilles, avec leurs lunettes et leurs masques à oxygène, l'arme au poing. Ils sautèrent l'un après l'autre sur le trottoir et se dirigèrent vers moi, faisant un bruit horrible avec leurs palmes.

— *¿ Habla usted español ?* fit le premier en retirant son masque.

Il avait un visage basané avec une petite moustache.

— Non, répondis-je, mais je suis persuadé que vous parlez anglais, n'est-ce pas ?

— En voilà un *gringo* insolent ! dit le moustachu à son compagnon.

Comme à un commandement, ils se découvrirent tous le visage et me mirent en joue.

— Dois-je descendre dans les égouts ? demandai-je avec empressement.

— Mets-toi debout devant le mur, les mains en l'air. Plus haut que ça !

Je reçus un coup de crosse dans les côtes. Je remarquai que l'hallucination était extrêmement minutieuse : même les mitraillettes étaient protégées de l'humidité par des housses en plastique.

— Il y en avait d'autres, fit le moustachu à l'adresse d'un brun costaud qui essayait d'allumer une cigarette.

Ce dernier m'avait bien l'air d'être le chef. Ils éclairèrent tout le camp, donnant des coups de pied dans les boîtes de conserve, renversant les fauteuils. Enfin l'officier dit :

— Il est armé ?

— Je l'ai fouillé, mon capitaine. Il n'a rien sur lui.

— Puis-je baisser les mains ? demandai-je, toujours debout contre le mur. Elles commencent à s'engourdir.

— Ne t'en fais pas, elles ne vont pas tarder à tomber pour de bon. On l'abat ?

— Mm… fit l'officier en guise d'approbation, tout en soufflant la fumée par les narines. Non, attendez ! reprit-il.

Il s'avança vers moi en balançant les hanches. Il portait tout un jeu de bagues en or accroché à sa ceinture par un petit cordon. "Quel réalisme extraordinaire !" pensai-je.

— Où sont les autres ? interrogea-t-il.

— C'est à moi que vous le demandez ? Ils se sont hallucinés par la trappe. D'ailleurs, vous le savez très bien.

— Un fou, mon capitaine. Inutile de le torturer plus longtemps, dit le moustachu en ôtant le cran d'arrêt à travers la housse en plastique.

— Pas comme ça, répliqua l'officier, tu vas faire un trou dans le sac. Où donc en trouveras-tu un autre, imbécile ? Avec un couteau.

— Si je puis me permettre d'intervenir, je préférerais quand même une balle, fis-je observer en baissant imperceptiblement les mains.

— Qui est-ce qui a un couteau ?

Ils se mirent à chercher. “Naturellement, comme par hasard, ils n'en auront pas ! me disais-je. Cela se terminerait trop vite.” L'officier jeta son mégot sur le béton, l'écrasa avec dégoût du bout de sa palme, et dit :

— Achevez-le et allons-nous-en !

— Oui, oui, faites donc ! répétai-je avec empressement.

Ils s'approchèrent de moi, intrigués.

— Tu es donc si pressé d'arriver dans l'autre monde, *gringo* ? Regardez-moi ce cochon, comme il nous supplie ! Peut-être ferions-nous bien de lui trancher tout simplement les doigts et le nez ? firent-ils, dans un esprit de surenchère.

— Non, non ! Pas d'hésitation, messieurs ! Sans pitié, allez-y carrément ! m'exclamai-je pour les encourager.

— Tous à l'eau ! ordonna l'officier.

Ils remirent leurs masques. L'officier défit la ceinture de son équipement, sortit de sa poche intérieure un revolver plat, souffla sur le canon, fit tournoyer son arme comme le cow-boy d'un mauvais western et me tira dans le dos. Une méchante douleur me vrilla la cage thoracique. Je commençai à m'affaisser le long du mur. Il me saisit par la nuque, me força à lever la tête et tira encore une fois, de si près que la fumée du canon m'aveugla. Je n'entendis pas la détonation car j'avais perdu conscience. Je me retrouvai ensuite dans l'obscurité totale, étouffant, longtemps, très longtemps. Quelque chose me tirait, me secouait ; ce n'était, je l'espère, ni une ambulance ni un hélicoptère. Puis tout devint encore plus noir et finalement, même ces ténèbres se diluèrent, si bien qu'il ne resta plus rien.

Lorsque j'ouvris les yeux, j'étais installé dans un lit aux draps tout propres, dans une chambre avec une fenêtre étroite dont la vitre était barbouillée de peinture blanche. Je regardai la porte d'un air hébété, comme attendant quelque chose. Je ne savais ni où je me trouvais ni comment j'étais arrivé ici. Mes pieds étaient chaussés de socques plats, je portais un pyjama rayé. "Voilà au moins du nouveau, pensai-je furtivement, même si cela ne laisse rien présager de bien passionnant !" La porte s'entrouvrit. Dans l'embrasure, entouré d'un petit groupe de jeunes gens en blouses blanches d'hôpital, se tenait un robuste barbu à la chevelure grise coiffée en brosse, portant des lunettes dorées. Il tenait à la main un petit marteau en caoutchouc.

— Un cas intéressant, fit-il, très intéressant, mesdames et messieurs ; ce malade a été intoxiqué avec une forte dose d'hallucinogènes voici quatre mois. Bien que libéré de leurs effets depuis longtemps, il ne parvient pas à y croire et continue à prendre tout ce qu'il voit pour des phénomènes hallucinatoires. Il est allé si loin dans sa folie, qu'il a lui-même demandé aux soldats du général Diaz, qui s'étaient enfuis par les égouts du palais assiégé, de tirer sur lui en espérant que la mort le réveillerait de ses divagations. Sa vie a pu être sauvée grâce à trois interventions extrêmement délicates. On lui a retiré deux balles des ventricules ; mais il prétend qu'il continue à halluciner.

— Est-ce une forme de schizophrénie ? demanda une étudiante de petite taille, d'une voix toute grêle.

Ne pouvant se frayer un passage à travers la foule de ses camarades, elle s'était hissée sur la pointe des pieds et regardait par-dessus leurs épaules.

— Non, c'est une psychose réactionnelle d'un type nouveau, sans doute provoquée par l'emploi de ces substances fatales. Un cas absolument désespéré. Ses chances sont si faibles que nous avons décidé de le soumettre à un processus de vitrification.

— Vraiment, professeur ?

L'étudiante ne se tenait plus de curiosité.

— Oui. Comme vous le savez, nous pouvons déjà congeler les cas désespérés dans de l'azote liquide, pour une période allant de quarante à soixante-dix ans. Les malades sont placés dans des récipients hermétiques, une sorte de vase de Dewar, avec la description exacte de l'évolution de leur maladie. Au fur et à mesure des nouvelles découvertes et des progrès de la médecine, on fait un inventaire dans les souterrains où sont conservés les sujets afin de réanimer tous ceux que l'on est déjà en mesure de secourir.

— Est-ce que vous consentez de bon cœur à être congelé ? me demanda l'étudiante, passant la tête entre deux camarades de haute taille.

Ses yeux brillaient de curiosité scientifique.

— Je ne parle pas aux fantasmes, répliquai-je. Je puis tout au plus vous dire quel est votre petit nom : Hallucile.

Lorsqu'ils refermèrent la porte, j'entendis encore la voix de l'étudiante qui disait : “Le sommeil hibernal ! La vitrification ! Mais c'est un voyage dans le temps ! Comme c'est romantique !”

Je ne partageais guère son opinion ; mais que me restait-il à faire, sinon me soumettre à ces dehors fictifs ? Le lendemain soir deux infirmiers me conduisirent dans la salle d'opération. Il s'y trouvait un bassin de verre exhalant une vapeur tellement glaciale qu'elle coupait le souffle. Je reçus force injections, puis on me mit sur le billard et on m'imbiba, à l'aide d'un tuyau, d'un liquide douceâtre et translucide ; de la glycérine, comme me l'expliqua l'infirmier en chef. Il était très gentil avec moi. Je l'appelais Hallucien. Comme j'allais m'endormir, il se pencha sur moi et me cria à l'oreille : "Bon réveil !"

Je ne pus lui répondre ni même bouger le petit doigt. Longtemps – des semaines et des semaines ! – j'eus peur qu'ils ne se montrent trop pressés et ne me jettent dans le bassin avant que je perde conscience. Apparemment, ils agirent un peu à la hâte, car le dernier son à me parvenir en ce monde fut le clapotis qui résonna lorsque mon corps s'enfonça dans l'azote liquide. Un bien vilain son.

Rien.

Rien.

Rien, mais vraiment, ce qui s'appelle rien.

Il m'avait semblé que quelque chose… Allons donc ! Rien.

Il n'y a rien. Moi non plus.

Combien de temps cela va-t-il durer ? Rien.

On dirait que quelque chose… mais ça n'est pas sûr. Il faut que je me concentre.

Quelque chose, mais très, très peu. Dans d'autres circonstances, j'aurais dit : rien du tout.

Des glaciers blanc et bleu. Tout est de glace. Moi aussi.

Jolis, ces glaciers ; si seulement il ne faisait pas ce froid de canard !

Des pics de glace et des cristaux de neige.

L'Arctique. Un glaçon dans le bec. De la moelle dans les os ? Pas question de moelle ! De la glace pure, transparente. Rigide. Glaciale.

Du surgelé, voilà ce que je suis. Oui, mais qu'est-ce que ça veut dire “je” ? Telle est la question.

Je n'ai jamais eu si froid. Quelle chance que je ne sache pas ce que c'est que “je”. Moi ? Qui ? Un glacier ? Est-ce que les icebergs ont des trous ?

Je suis un chou-fleur hivernal sous les rayons du soleil. Le printemps ! Tout fond à présent. Surtout moi. Dans la bouche un glaçon, ou peut-être une langue.

C'est pourtant bien une langue. Ils me torturent, me roulent, me brisent, me broient, et même, semble-t-il, me battent. Je suis étendu sous une bâche en plastique ; au-dessus de moi, des lampes. Voilà donc d'où m'est venu ce chou-fleur de serre ! J'ai dû divaguer. Du blanc, partout du blanc, mais ce sont des murs, pas de la neige.

Ils m'ont décongelé. Par gratitude j'ai décidé d'écrire mon journal dès que je pourrai tenir une plume dans mes doigts engourdis. Sous les yeux j'ai toujours des arcs-en-ciel de glace et des éblouissements bleus. Il fait un froid sibérien, mais je peux déjà me réchauffer.

27/7. – Ma réanimation a probablement duré trois semaines. Cela n'a pas été sans difficultés. Je suis au lit et j'écris. Ma chambre est grande le jour et petite le soir. De jeunes et jolies femmes s'occupent de moi. Elles ont le visage protégé par des masques d'argent. Quelques-unes n'ont pas de seins. Je vois double ou bien le médecin en chef a deux têtes. La nourriture est tout à fait ordinaire : bouillie de semoule, brioche, lait, flocons d'avoine, bifteck. L'oignon est un peu trop grillé. Je ne vois plus les glaciers qu'en rêve ; mais ces rêves reviennent avec une cruelle obstination. Je gèle, me glace et me réfrigère, tout neigeux et crissant du soir au matin. Les bouillottes et les compresses n'y font rien. Le meilleur remède, c'est encore un peu d'alcool avant de m'endormir.

28/7. – Ces femmes sans seins, ce sont des étudiants. À part cela, impossible de différencier les sexes. Ils sont tous grands, beaux, toujours souriants. Je suis faible et capricieux comme un enfant ; un rien m'irrite. Aujourd'hui, après la piqûre, j'ai enfoncé l'aiguille dans le postérieur de l'infirmière en chef ; mais elle n'a pratiquement pas cessé de me sourire. Par moments, j'ai l'impression de m'en aller à la dérive sur mon glaçon, je veux dire mon lit. Ils me projettent sur le plafond des lapinots, des fourmis, des vaches, des vers et des petits cafards. Pourquoi ? Je reçois aussi un magazine pour enfants. Une erreur ?

29/7. – Je me fatigue très vite. Mais je sais déjà une chose : auparavant, c'est-à-dire quand on a commencé à me réanimer, je divaguais. Cela se passe probablement toujours ainsi. C'est normal. Les nouveaux arrivants d'il y a plusieurs décennies sont progressivement réadaptés à leur nouvelle existence. Ce procédé rappelle la façon dont on retire un noyé du fond de l'eau. On ne peut guère le faire remonter d'un seul coup à la surface depuis une grande profondeur ; de même pour les dégivrons – c'est le premier mot nouveau que j'ai appris – on prépare graduellement leur réinsertion dans un monde qui leur est étranger. Nous sommes en l'an 2039. C'est le mois de juillet, l'été, il fait beau. L'infirmière qui s'occupe personnellement de moi s'appelle Aileen Rogers. Elle a les yeux bleus et est âgée de vingt-trois ans. Je suis venu au monde pour la seconde fois dans un revitarium près de New York. Autrement dit, dans un résurrectoire : les gens l'appellent comme ça. C'est une vraie petite ville entourée de jardins. Il y a aussi des moulins, des boulangeries et des imprimeries. Aujourd'hui, il n'y a plus ni blé ni livres ; il y a cependant du pain, de la crème pour le café et du fromage. Ce n'est donc pas fait avec du lait de vache ? L'infirmière croyait qu'une vache, c'était une machine. Je n'arrive pas à me faire comprendre. D'où vient le lait ? De l'herbe. De l'herbe, évidemment, mais qui donc la broute pour qu'il y ait du lait ? Personne. Mais alors, d'où vient-il ? De l'herbe. Seulement ? Il vient directement de l'herbe ? Non, pas directement. C'est-à-dire, pas tout à fait. Il faut l'aider. Ce sont les vaches qui le font ? Non. Alors, d'autres animaux ? Non, ce ne sont pas des animaux. Mais alors, d'où vient le lait ? Et ainsi de suite ; c'est un vrai cercle vicieux.

30/7/2039. – C'est très simple : ils arrosent les pâturages avec un produit, et les rayons du soleil transforment l'herbe en fromage. Pour ce qui est du lait, je ne suis guère plus avancé. Mais au fond, ce n'est pas là le plus important. Je me lève déjà et me déplace dans un fauteuil roulant. Aujourd'hui je suis allé au bord d'un étang couvert de cygnes. Ils sont dociles et approchent quand on les appelle. Est-ce qu'ils sont dressés ? Non, ils sont “à distance”. Qu'est-ce que ça veut dire ? À quelle distance sont-ils ? Ils sont réglables à distance. Bizarre. Il n'y a plus d'oiseaux naturels ; ils ont disparu au début du XXIe siècle – à cause du smog. Voilà au moins une chose que je comprends.

31/7/2039. – Depuis quelque temps, je prends des cours de vie contemporaine. C'est un ordinateur qui me les donne. Il ne répond pas à toutes les questions. "Tu comprendras plus tard." Depuis trente ans une paix permanente règne sur la Terre grâce au désarmement universel. Il n'y a pratiquement plus d'armée. Il m'a déjà montré plusieurs modèles de robots. Ils sont nombreux ; il y en a de toutes sortes, mais pas au revitarium – il ne faut pas faire peur aux dégivrons. Le bien-être règne partout dans le monde. Selon mon précepteur, je ne pose jamais les questions essentielles. Les cours ont lieu dans une petite cabine, devant un pupitre. Des mots, des images et des projections à trois dimensions.

5/8/2039. – Dans quatre jours à peine, je vais quitter le revitarium. Sur la Terre il y a 29,5 milliards d'habitants. Il y a encore des États, et des frontières, mais plus de conflits. Aujourd'hui j'ai appris quelle était la principale différence entre les hommes d'autrefois et ceux de maintenant. Le concept de base est à présent la psychimie. Nous vivons dans une servilisation. Le mot psychique n'existe plus ; on dit aujourd'hui "psychimique". L'ordinateur m'a dit que l'humanité était jadis déchirée par les conflits opposant le cerveau primitif hérité de l'animal au cerveau récent. Le cerveau primitif est impulsif, irrationnel, égoïste et d'une grande opiniâtreté. Le nouveau tirait dans un sens, l'ancien dans un autre. J'éprouve encore des difficultés à exprimer des notions d'une certaine complexité. L'ancien se battait donc sans arrêt avec le nouveau, c'est-à-dire le nouveau avec l'ancien. Bref, la psychimie a liquidé ces luttes intérieures qui absorbaient en vain une si grande quantité d'énergie intellectuelle. Les substances psychimiques s'occupent à présent de notre cerveau primitif ; elles harmonisent, apaisent, persuadent de l'intérieur, en douceur ; nul n'a le droit de s'abandonner à des sentiments spontanés. Quiconque agirait ainsi ferait preuve d'*incorrection*. Il faut toujours avaler un remède spécifique, adapté aux circonstances. Ce remède aide, soutient, dirige, améliore et calme. Du reste, ce n'est pas lui, mais une partie de nous-mêmes. C'est un peu comme des lunettes que nous serions habitués à porter et sans lesquelles nous verrions mal. Ces théories me choquent ; j'appréhende de rencontrer ces hommes nouveaux. Je me refuse à prendre des substances psychimiques. Mon précepteur me dit que c'est là une résistance caractéristique et bien naturelle. L'homme des cavernes n'aurait-il pas lui aussi rechigné à la vue d'un tramway ?

8/8/2039. – Je suis allé à New York avec mon infirmière. C'est un gigantesque espace vert. On peut régler la hauteur à laquelle flottent les nuages. L'air est aussi pur qu'en pleine forêt. Les passants que l'on croise dans la rue portent des vêtements multicolores comme des plumes de perroquet. Ils ont les traits nobles, ils sont bons les uns envers les autres, souriants. Personne ne se presse. Comme toujours, la mode féminine a quelque chose de délirant. Les femmes ont sur le front de petites vues mobiles. De fines languettes écarlates ou des boutons de la même couleur dépassent de leurs oreilles. En dehors des mains naturelles, on peut avoir des mains-filles – de petites mains supplémentaires. Détachables. Elles ne peuvent rien faire d'extraordinaire, mais elles servent toujours à tenir quelque chose, à ouvrir une porte, à se gratter entre les omoplates. Je quitte demain le revitarium. En Amérique il en existe deux cents. Malgré cela, il y a déjà eu des ajournements dans le calendrier de décongélation des foules qui, au siècle dernier, plongèrent avec confiance dans leur bain de glace. En raison de ces immenses queues figées, il est nécessaire d'accélérer le processus de réhabilitation. Je le comprends parfaitement. J'ai un compte en banque et ne devrai chercher du travail qu'après le Nouvel An. On ouvre en effet à chaque hibernant un livret d'épargne à pourcentage composé : ce sont, en quelque sorte, des crédits gelés avec réanimation à terme.

9/8/2039. – Aujourd'hui, c'est un grand jour pour moi. J'ai déjà un petit logeoir de trois pièces à Manhattan. Je suis venu en rallicoptère directement du revitarium. On dit maintenant tout simplement : "rallier" et "copter". Mais je ne saisis pas bien la différence qu'il y a entre ces deux verbes. New York, cet ancien dépotoir encombré de voitures, s'est transformée en un vaste complexe de jardins en terrasses. On pompe la lumière solaire au moyen de conduits spéciaux appelés soléducs. De mon temps, à part dans les contes moralisateurs, on n'avait jamais vu d'enfants aussi sages et aussi peu capricieux. Au coin de ma rue se trouve le Bureau d'enregistrement des Candidats Autonomes au Prix Nobel. À côté, des galeries d'art où l'on vend pour une bouchée de pain uniquement des toiles authentiques, avec garantie et certificat d'origine – même des Rembrandt et des Matisse ! Dans une annexe de mon immeuble se trouve une école pour petits ordinateurs pneumatiques. C'est de là que me parviennent par moments (peut-être à travers le puits de ventilation ?) leurs sifflements et leurs halètements. Les gens utilisent, entre autres, ces ordinateurs pour empailler leurs chiens favoris après leur mort naturelle. Cela me semble plutôt monstrueux ; mais il est vrai que les personnes comme moi ne représentent ici qu'une infime minorité. Je me promène souvent en ville. Je sais déjà me déplacer en filomoteur. Ce n'est pas difficile. Je me suis acheté un justaucorps pourpre avec un devant blanc, des basques argentées, un ruban rouge, un collet lamé or. C'est le costume le moins voyant que l'on porte aujourd'hui. On trouve des vêtements changeant continuellement de coupe et de couleur, des robes qui rétrécissent sous le regard masculin ou inversement, d'autres qui s'épanouissent comme des fleurs le soir ; des robes et des corsages sur lesquels on voit toutes sortes de choses, comme sur de petits écrans de télévision, des images mobiles. On peut porter toutes les décorations que l'on veut et autant que l'on souhaite. On peut cultiver par aquiculture des plantes japonaises naines sur son chapeau. Mais heureusement, on peut aussi ne pas en cultiver ni en porter. Je n'ai pas l'intention d'accrocher quoi que ce soit à mes oreilles ou à mes narines. Une impression fugitive : ces gens, si beaux, si grands, si aimables, polis et paisibles, sont aussi, comment dirais-je ? bizarres, singuliers ; il y a en eux quelque chose qui m'étonne ou, du moins, me donne à réfléchir. Qu'est-ce que ça peut bien être ? Je n'en ai pas la moindre idée.

10/8/2039. – Aujourd'hui j'ai dîné avec Aileen. Agréable soirée. Ensuite, nous avons visité l'antique Foire de

Long Island. Nous nous sommes bien amusés. J'observe attentivement les gens. Ils ont quelque chose d'insolite. Mais quoi ? Je n'arrive pas à le définir. Costumes d'enfants : un petit garçon déguisé en ordinateur. Un autre planant à la hauteur du premier étage, dans la 5e Rue, au-dessus de la foule, et faisant pleuvoir des dragées sur les passants. Tout le monde lui faisait des signes, lui souriait. Idyllique… Incroyable !

11/8/2039. – Il vient d'y avoir un clibiscite au sujet du temps qu'il fera en septembre. On le fixe un mois à l'avance par un vote au suffrage universel. Les résultats sont immédiatement retransmis grâce aux ordinateurs. Pour voter il suffit de faire un numéro de téléphone. Le mois d'août sera ensoleillé, avec de faibles précipitations ; la chaleur ne sera pas trop forte. Il y aura beaucoup d'arcs-en-ciel et de cumulus. Les arcs-en-ciel n'apparaissent pas seulement quand il pleut. On peut très bien les produire autrement. Le responsable de la météo s'est excusé pour les nuages ratés des 26, 27 et 28 juillet – une petite erreur du contrôle technique ! Je prends mes repas en ville ; parfois aussi chez moi, dans mon logeoir. Aileen a emprunté pour moi un dictionnaire Webster à la bibliothèque du revitarium, car il n'y a plus de livres. J'ignore ce qui peut bien les remplacer. Je n'ai rien compris aux explications d'Aileen, et j'ai eu honte de l'avouer. J'ai encore dîné avec elle au “Bronx” ; cette gentille fille a toujours quelque chose à raconter, pas comme toutes ces pimbêches sur leurs filos, qui laissent à leurs ordinateurs à main le soin de faire la conversation. Aujourd'hui j'ai vu au Bureau des objets trouvés trois de ces sacs : ils ont commencé par discuter tranquillement, puis ont fini par se chamailler. Pour ce qui est des passants et des gens rencontrés dans les lieux publics, j'ai comme l'impression qu'ils halètent. Je veux dire qu'ils respirent très fort. Une simple coutume ?

12/8/2039. – Prenant mon courage à deux mains, j'ai demandé à des passants de m'indiquer une librairie. Ils ont haussé les épaules ; j'ai capté les paroles de deux d'entre eux, tandis qu'ils s'éloignaient : "Va te faire fondre, pauv' frigus !" Existerait-il un préjugé contre les dégivrons ? Je note encore quelques termes nouveaux, tels que je les ai entendus : saisin, infiltrat, tricouple, féminot, palatiser, jérémir, gourdiner, synthiser. Les journaux font la réclame des produits suivants : tantamine, sentinol, angélium, picotomobile (picotoir, picot). Voici le titre d'un entrefilet lu dans la chronique locale du *Herald* : *De commatrice à commatrice*. Il est question d'un gaméteur qui se serait trompé de gamelle. Je recopie la définition du Webster : *Commatrice, (syn. connourrice, conserve). Une des deux femmes mettant collectivement au monde un enfant. Gaméteur : de facteur (vx). Euplaniste livrant à domicile des gamètes humains brevetés.* Je ne peux pas dire que cela m'évoque grand-chose. *Tantamine : cf. onclamine, furonclamine. Encyc : cf. pencyc, voir aussi* : *Vatican*. Ce dictionnaire idiot donne des synonymes qui ne m'en apprennent pas davantage. *Empalatiser, propalatiser, transpalatiser : être en possession provisoire d'un palais (et non louer). Angélium : spiritif.* Mais le pis, ce sont les mots qui sans changer de forme ont pris une signification nouvelle. *Idole : individu copiant frauduleusement les idées d'autrui. Simulat :*

objet inexistant feignant d'exister. Morveux : robot barbouilleur ; à ne pas confondre avec morvif. Morvif : ressuscitant ; trépassé que l'on a rendu à la vie ; victime réanimée d'un meurtre. Voyez-moi ça ! Et enfin *sonnatine : de "sonnez les matines"*. Apparemment, ranimer un cadavre est un jeu d'enfant. Et dire que tout le monde halète, presque sans exception ! Dans l'ascenseur, dans la rue, partout. Les gens ont le teint florissant, basané, les joues rouges, l'air joyeux, mais ils semblent essoufflés. Pas moi. Ça n'est donc pas une nécessité. Une coutume peut-être ? J'ai posé la question à Aileen. Elle m'a ri au nez en me disant que je rêvais. Aurais-je eu la berlue ?

13/8/2039. – J'ai voulu lire le journal d'avant-hier, mais j'ai eu beau mettre tout mon logeoir sens dessus dessous, je n'ai pu le retrouver. Aileen s'est encore moquée de moi – de façon fort charmante, d'ailleurs. Les journaux se volatilisent au bout de vingt-quatre heures car la substance sur laquelle on les imprime se dissout dans l'air. Cela permet d'éviter le transport des ordures. Aujourd'hui, alors que nous dansions le charmeston dans une petite boîte de nuit, Ginger, une camarade d'Aileen, m'a demandé : "Et si on allait passer un petit quick-end ensemble ?" Je n'ai pas répondu, ne comprenant pas le sens de ces paroles. D'ailleurs, quelque chose me disait qu'il valait mieux ne pas demander d'explications. Sur les conseils d'Aileen, je me suis décidé à acheter un réaliseur. Cela fait cinquante ans qu'il n'y a plus de télévision. Pour commencer on a du mal à regarder : on a comme l'impression que des étrangers, mais aussi des chiens, des lions, des paysages et des planètes surgissent tout à coup dans un coin de la pièce, matérialisés de telle façon qu'il est impossible de les distinguer des gens ou des choses véritables. Le niveau artistique est toutefois assez bas. Les nouvelles robes s'appellent des vaporettes : on les vaporise sur soi à l'aide d'un atomiseur. Mais c'est la langue qui a subi le plus grand nombre de changements. On dit : moureur (de "mourir"), comme coureur de "courir". On peut mourir et revivre plusieurs fois, d'où l'usage de ce substantif. Mais il y a aussi : teigner, teignoire (comme baigner, baignoire) et craindre, craignoire. Je n'ai aucune idée de ce que cela signifie. Malheureusement il n'y a pas moyen d'échanger mes rendez-vous avec Aileen contre des leçons de vocabulaire. Un rêvage, c'est un rêve arrangeable à la demande. On passe la commande à un onirateur, c'est-à-dire à un ordinateur du bureau local d'hypnothèque, et avant le soir, on vous livre des rêvules, sous forme de comprimés. Je n'en parle à personne, mais cela ne fait plus de doute : les gens sont essoufflés ; tous, jusqu'au dernier. Pourtant, ils n'y prêtent pas la moindre attention. Quant aux personnes âgées, elles halètent carrément. Peut-être n'est-ce malgré tout qu'une coutume ? L'air est bon à respirer et n'a vraiment rien d'étouffant. Aujourd'hui j'ai vu mon voisin sortir de l'ascenseur. Il cherchait à reprendre son souffle, son visage était légèrement cramoisi. Mais en l'observant de plus près j'ai pu constater qu'il était en parfaite santé. C'est sans doute une bêtise, et pourtant, elle ne me laisse pas de répit. À quoi cela est-il dû ? Quelques-uns se contentent de souffler par le nez.

Aujourd'hui j'ai rêvagé (oniré ? hypnothéqué ?) du Pr Tarantoga, car il me manque beaucoup. Mais pourquoi donc était-il tout le temps dans une cage ? Mon subconscient ou bien une erreur dans la commande ? Le speaker ne parle pas de "phobie de la guerre" mais de "guerrite". Comme espion et espionite ? Bizarre. Au fait, on ne dit jamais : réaliseur, comme je l'ai écrit jusque-là. Il faut dire : réviseur (du latin *res* = chose, et de "vision"). Aileen était de garde aujourd'hui. J'ai passé la soirée tout seul dans mon petit logement – je veux dire mon logeoir – à regarder une table ronde sur le nouveau code pénal. Les assassinats sont punis par une simple amende. On peut en effet facilement ressusciter la victime. Une personne ainsi ressuscitée s'appelle justement un morvif (ou un rené). C'est seulement la récidation (récidive avec préméditation) qui entraîne une peine d'emprisonnement (si l'on tue le même individu deux fois de suite). En revanche les crimes graves sont ceux qui conduisent à priver volontairement quelqu'un de ses produits psychiques personnels ou bien à influencer un tiers avec ces mêmes substances, à son insu, sans son consentement. En effet, on peut ainsi obtenir tout ce que l'on désire ; par exemple, les dispositions testamentaires souhaitées, la réciprocité des sentiments, l'engagement de participer à n'importe quel plan, complot, etc. J'ai eu beaucoup de mal à suivre les débats qui se déroulaient devant les caméras. À la fin seulement, je me suis rendu compte que la prison désignait tout autre chose que de mon temps. On n'écroue jamais les condamnés. On leur met seulement sur le dos une sorte de corset ou plutôt une armature formée de tringles très fines mais solides. Cet exosquelette se trouve sous le contrôle permanent d'un mini-procurnateur (micro-ordinateur juridique) cousu sous les vêtements. Il s'agit donc, en fait, d'une surveillance perpétuelle empêchant le sujet d'entreprendre de nombreuses actions et de profiter des plaisirs de l'existence. L'exosquelette, normalement passif, oppose une résistance à toute tentative du condamné pour goûter aux fruits défendus. En cas de délits extrêmement graves, on utilise du criminol. Tous les participants au débat portaient leur nom et leurs titres universitaires inscrits sur le front. Cela facilite certainement les échanges d'idées, mais je trouve tout de même cela bizarre.

1/9/2039. – Voilà une fâcheuse aventure. Cet après-midi, lorsque j'ai éteint le réviseur pour me préparer avant d'aller rejoindre Aileen, un gaillard de deux mètres (qui depuis le début ne cadrait pas du tout avec la dramatique que je regardais : *L'anginella del mutango*), mi-saule mi-athlète, avec une gueule noueuse et tordue couleur vert-de-gris, s'est approché de mon fauteuil au lieu de disparaître avec le reste de l'image. Il a pris les fleurs qui se trouvaient sur la table et que j'avais préparées pour Aileen, et me les a lancées à la figure. Ma stupéfaction était telle que je n'ai même pas cherché à me défendre. Il a brisé un vase, en a renversé l'eau et a englouti une demi-boîte de cheesewichs ; il a jeté le reste sur le divan, l'a piétiné puis s'est mis à enfler, pâlir, et s'est volatilisé dans une pluie d'étincelles, comme un feu d'artifice, laissant de nombreux trous dans mes chemises soigneusement étalées. Malgré mes yeux pochés et mon visage en bouillie, je suis allé à mon rendez-vous. Aileen a tout de suite compris. "Mon Dieu, tu as eu un interférent !", s'est-elle exclamée à ma vue. Si deux programmes transmis par deux stations satellites différentes interfèrent longtemps, cela peut provoquer l'apparition d'un interférent, c'est-à-dire d'un métis, d'un hybride composé de plusieurs personnages de film ou autres sujets paraissant à la révision. Cet hybride, tout à fait consistant, est capable de faire du vilain car sa durée après débranchement de l'appareil peut aller jusqu'à trois minutes. L'énergie dont s'alimente ce fantôme est à peu près du même acabit que celle de la foudre en boule. Une camarade d'Aileen a eu un interférent provenant d'une émission paléontologique, croisé avec le personnage de Néron. Seul le sang-froid l'a sauvée ; elle s'est jetée telle quelle dans sa baignoire pleine. Il a fallu tout de même remettre en état son logeoir. On peut très bien se protéger avec un écran de sûreté mais c'est assez coûteux ; les fabricants de révisions trouvent plus avantageux les poursuites judiciaires et le paiement de dommages et intérêts aux spectateurs qu'une protection totale des émissions contre ce genre d'incidents. Depuis, j'ai décidé de ne regarder la révision qu'un gros bâton à la main. À propos : *L'anginella del mutango*, ça ne veut pas dire l'angine d'un mustang, mais la maîtresse d'un homme qui, grâce à une mutation programmée, est venue au monde avec une maîtrise exceptionnelle de la célèbre danse argentine.

3/9/2039. – Je suis allé voir mon avocat. Il m'a fait l'honneur d'un entretien particulier, chose rare car ce sont en général les burobots qui s'occupent des clients. Me Crawley m'a reçu dans son bureau aménagé à l'instar de ces vénérables cabinets d'avocats du XXe siècle. Dans de sombres armoires sculptées s'étageaient des piles de dossiers bien en ordre ; ils sont d'ailleurs purement décoratifs, étant donné que les affaires juridiques sont enregistrées au moyen d'un procédé ferromagnétique. Il portait sur la tête un aide-mémoire, un mnémeur, sorte de toque transparente où les ondes électriques s'agitaient, tels des essaims de lucioles. Une deuxième tête, plus petite, montrant les traits qui avaient dû être les siens autrefois, dépassait de ses épaules et ne cessait de mener des entretiens téléphoniques à voix basse. C'était une tête-fille. Il m'a demandé ce que je faisais et a manifesté quelque étonnement en apprenant que je ne projetais pas de faire un voyage outre-mer. Lorsque je lui ai expliqué qu'il me fallait faire des économies, il s'est montré doublement surpris.

— Mais vous n'avez qu'à retirer tout l'argent qu'il vous faut de la prenderie ! m'a-t-il dit.

En effet, il suffit de se rendre à la banque, de signer un reçu, et la caisse (on dit aujourd'hui la prenderie) paie la somme voulue. Ce n'est pas un prêt ; recevoir cet argent n'engage à rien du point de vue juridique. Mais il y a un *hic*. L'obligation de restituer cette somme est de nature morale. Le remboursement peut même s'étaler sur plusieurs années. Je lui ai demandé comment les banques s'y prenaient pour échapper à la faillite qui les menaçait en raison de l'insolvabilité de tous ces débiteurs. Il a eu de nouveau l'air étonné. J'avais oublié que nous vivions à l'ère psychimique. Les lettres courtoises d'appel et de relance sont imbibées d'une substance volatile qui provoque l'apparition des remords et le désir de travailler. C'est ainsi que la prenderie peut rentrer dans ses frais. Bien sûr, il y a toujours des malins pour examiner leur correspondance le nez bouché, mais les gens malhonnêtes ont existé de tout temps. Me rappelant les débats révisés sur le code pénal, j'ai demandé si le fait d'imbiber les lettres de produits psychimiques n'était pas un délit, conformément au paragraphe 139 *(Quiconque exerce une influence psychimique sur une personne physique ou morale sans son consentement et à son insu, encourt... etc.)*. Je lui en ai imposé. Il m'a expliqué, cependant, toute la subtilité de la chose. Cette façon de faire valoir ses droits n'a rien d'illégal, car si le destinataire de la lettre n'était pas un débiteur, il ne pourrait éprouver de remords ; d'autre part, provoquer le désir de travailler plus intensément qu'à l'ordinaire est une action parfaitement honorable du point de vue social. Mon avocat s'est montré fort aimable. Il m'a invité à dîner au "Bronx" ; nous nous y retrouverons le 9 septembre.

Une fois rentré à la maison, je jugeai qu'il était grand temps pour moi de prendre connaissance de la situation internationale sans m'en remettre exclusivement à la révision. Je tentai d'attaquer le journal de front, mais mon élan fut brisé au beau milieu de l'éditorial traitant des esquivards et des soustractaires. Je n'eus guère plus de chance avec les nouvelles de l'étranger. En Turquie, on observe d'importantes fuiltres de désimules, ainsi que de nombreux natalots clandestins que le centre local de démopression est impuissant à combattre. Pour comble de malheur, l'entretien d'un grand nombre de syncrétins grève lourdement le budget national. Dans le Webster, je n'ai trouvé, bien entendu, aucune explication sensée. *Désimulat* : objet feignant d'exister en dépit de son *inexistence*. Je n'ai vu nulle part de "désimules". Un natalot clandestin est un enfant mis au monde illégalement. C'est ce que m'a dit Aileen. On réfrène la démoexplosion par une politique démopressive. Un permis d'enfanter peut s'obtenir de deux façons : soit en faisant une demande officielle après avoir passé les examens et rempli les papiers nécessaires, soit en gagnant le gros lot à l'infanterie (loterie infantile). Un grand nombre de personnes y jouent – toutes celles qui n'ont aucune chance d'obtenir ce permis autrement. Un syncrétin, c'est un idiot artificiel. Voilà tout ce que j'ai pu apprendre. Ça n'est déjà pas mal, vu la langue dans laquelle sont rédigés les articles du *Herald*. Je recopie un fragment à titre d'exemple : *"Un profut erroné ou insuffisamment indexé nuit à la concurrence tout comme à la récurrence. Les beurrocrates se repaissent de ces profuts grâce aux cyberlopes ; ceux-ci ne risquent pas grand-chose, étant donné que la Cour suprême n'a pas encore publié son verdict en ce qui concerne l'affaire Herodotous. Voici des mois que l'opinion publique exige en vain de savoir à qui revient la compétence en matière de poursuite et de dénonciation des milversations : aux ordalinateurs ou aux superordonnateurs ?"* Etc. Le Webster m'a seulement appris que le mot "beurrocrate" était le nom autrefois argotique, mais aujourd'hui communément utilisé, servant à désigner une personne qui graisse la patte à une autre (on fait son beurre, d'où beurrocratie = corruption). La vie n'est donc pas actuellement aussi idyllique qu'on pourrait le penser ! Une connaissance d'Aileen, Bill Homeburger, voudrait m'interviewer pour la révision ; mais ça n'est pas encore sûr. L'interview n'aurait pas lieu au révisium mais directement dans mon logeoir car un récepteur de révision peut aussi fonctionner comme un émetteur. À ce propos, je me suis immédiatement rappelé tous ces romans anti-utopiques dépeignant l'avenir sous un jour plutôt sombre, chaque citoyen étant espionné dans son appartement. Bill s'est moqué de mes craintes ; il m'a expliqué que pour inverser le sens de l'émission l'accord du propriétaire de l'appareil était toujours indispensable, et que toute violation de ce principe était punie d'emprisonnement. En revanche, on peut très bien, en inversant ainsi le sens de l'émission, commettre un véritable adultère à distance. Cela aussi, c'est Bill qui me l'a appris ; mais je ne saurais dire s'il s'agit d'un fait réel ou d'une plaisanterie. Aujourd'hui, j'ai fait un tour de la ville en filo. Il n'y a plus d'églises ; c'est la pharmacopée qui sert de culte. Ces gens coiffés de mitres d'argent ne sont ni des prêtres ni des moines mais des pharmaciens. Je trouve curieux qu'il n'y ait pourtant nulle part de pharmacies.

4/9/2039. – J'ai enfin appris comment on pouvait se procurer une encyclopédie ; j'en ai même déjà une. Elle est contenue tout entière dans trois petits flacons de verre. Je l'ai achetée dans une ivrairie scientifique. On ne lit plus de livres aujourd'hui, on les absorbe. Ils ne sont pas faits avec du papier mais avec une substance informatique enrobée de sucre glacé. Je suis aussi allé dans une diétothèque de luxe. C'est un libre-service complet. Sur les rayons s'alignent des argumenthes et des crédibiles dans de jolis emballages, du multiplicol dans de petites jarres moussues, de la pressine, des puritantes et des extasides. Dommage, pourtant, que je ne connaisse pas de linguiste. Est-ce que le mot ivrairie viendrait de “ivre” ? Peut-être la théothèque qui se trouve dans la 6e Rue est-elle une prêterie théologique ? Cela est fort possible, à en juger par les noms des produits exposés. Ils sont classés par rayons : absolvants, théodictine métamorique – toute une énorme salle. Une musique d’orgue est diffusée en sourdine pendant la vente. On peut d’ailleurs y acquérir des produits spécifiques de toutes les religions ; on y trouve du christol et de l’antichristol, de l’ormuzdal, de l’arhimanine, des suppositoires d’eutopoire, du délugeate d’aprenullium, du bouddhin, de la perpétuane et du sacrantal (dans un emballage nimbé d’une auréole lumineuse). Tout ceci sous forme de comprimés, pilules, sirops, gouttes et tablettes ; il y a même des sucettes pour les enfants. J’étais plutôt sceptique, mais me laissai vite convaincre par ces innovations. Après avoir avalé quatre comprimés d’algébrine je me trouvai soudain en possession de solides notions de mathématiques supérieures sans avoir fourni le moindre effort. La science s’acquiert à présent par l’estomac. Dans des conditions aussi favorables, je voulus sans tarder assouvir ma faim de savoir, mais les deux premiers tomes de l’encyclopédie m’occasionnèrent un dérangement intestinal fort déplaisant. Bill, le journaliste, me déconseilla de me bourrer le crâne de connaissances superflues : sa capacité n’était tout de même pas illimitée ! Heureusement il existe aussi des dépuratifs pour le cerveau et l’imagination. Par exemple, la mnémolyzine ou l’amnestamine. On peut aisément se débarrasser d’une surcharge de faits inutiles ou de souvenirs désagréables. Dans une ivrairie de luxe j’ai vu du freudax, du mémentol, de la monstradine, ainsi qu’un nouveau produit entouré d’une réclame tapageuse, appartenant au groupe des véridianes : l'authental. On l'utilise pour créer des souvenirs synthétiques d'événements que l'on n'a pas vécus. Après avoir pris de la dantine, par exemple, on a la profonde conviction d'avoir écrit *La Divine Comédie*. Quant à savoir à quoi cela sert, c'est une autre histoire. Il existe de nouvelles disciplines scientifiques : notamment la psychodiététique et la corruptistique. En tous les cas je n'aurai pas absorbé en vain cette encyclopédie. Je sais à présent qu'il faut réellement le concours de deux femmes pour mettre un enfant au monde : l'une d'elles produit l'ovule, tandis que l'autre porte le produit de la conception et accouche. Le gaméteur transporte les ovules de commatrice à commatrice. N'existe-t-il pas de méthode plus simple ? Il serait maladroit d'en parler à Aileen. Il faut que j'élargisse le cercle de mes amis.

5/9/2039. – Il n'est pas nécessaire d'avoir recours à des amis lorsqu'on a besoin d'interlocuteurs : il existe un produit, appelé la duétine, qui dissocie la personnalité de telle façon que l'on peut entretenir une conversation avec soi-même sur n'importe quel sujet (fixé par un produit spécifique). Je ne m'en sens pas moins effarouché à la pensée des horizons infinis qu'ouvre la psychimie. Pour le moment je n'ai nullement l'intention de prendre tout ce qui me tombe sous la main. En continuant ma visite de New York j'ai échoué tout à fait par hasard dans un cimetière. Ça s'appelle une trépassoire. Il n'y a plus de fossoyeurs ; on les a remplacés par des nécrobots. J'ai assisté à un enterrement. On a mis le défunt dans un tombeau réversible ; en effet, il se peut très bien qu'on le ressuscite. Sa dernière volonté était de reposer jusqu'à la fin, c'est-à-dire aussi longtemps que possible, mais sa femme et sa belle-mère ont demandé au tribunal d'annuler le testament. À ce que l'on dit, ce n'est nullement un cas isolé. L'affaire sera renvoyée d'instance en instance car elle est délicate du point de vue juridique. Le suicidé qui ne souhaite aucune résurrection est-il obligé de recourir à une bombe ? Je ne sais pourquoi, il ne m'était jamais venu à l'idée qu'on pouvait ne pas désirer ressusciter. Cela peut arriver, mais seulement lorsque la résurrection est un processus facilement accessible. Le cimetière est très beau, il baigne dans la verdure. Pourtant, les cercueils sont étrangement petits. Peut-être repasse-t-on les corps ? Dans cette civilisation rien ne semble impossible.

6/9/2039. – On ne repasse pas les corps. On enterre uniquement la dépouille mortelle ; les prothèses, en revanche, vont à la casse. Les gens en portent donc un si grand nombre ? À la révision il y a eu un débat passionnant sur un nouveau projet visant à rendre l'humanité immortelle. On grefferait le cerveau des vieillards d'âge très avancé sur des corps de jeunes hommes. Ces derniers n'y perdraient rien puisque leurs cerveaux seraient à leur tour transplantés sur des corps d'adolescents, et ainsi de suite. Comme il naît sans arrêt des enfants personne ne serait lésé, c'est-à-dire irréversiblement décérébré. Il y a pourtant de nombreuses objections. Les opposants traitent les adeptes du nouveau projet de "cérébourreaux". En sortant du cimetière – je voulais rentrer à pied pour respirer un peu d'air frais – je me suis étalé de tout mon long en butant contre un fil de fer tendu entre les pierres tombales. Quelles sont ces mauvaises plaisanteries ? Le nécrobot en chef s'est répandu en excuses : "Ce sont là, me dit-il, les frasques d'un quelconque robustre." Une fois à la maison, je me suis précipité sur le Webster : *Robustre* : *robot délinquant, dégénéré par suite d'un défaut de fabrication ou de mauvais traitements*. J'ai lu au lit *Le Damequin aux camélias*. Je ne sais plus : vais-je oui ou non avaler tout le dictionnaire à la fois ? J'ai vraiment du mal à suivre le texte ! D'ailleurs un dictionnaire ne suffit pas, cela me paraît de plus en plus évident. Prenons ce roman, par exemple ; le héros a une liaison avec une gonflette (il y en a de deux sortes : les cassetines et les pervertines). Je crois savoir ce que c'est qu'une gonflette mais j'ignore comment les gens jugent ce type de liaison. Est-ce déshonorant pour un homme ? Est-ce que maltraiter une gonflette équivaut à lacérer un ballon de football ou bien est-ce normalement répréhensible ?

7/9/2039. – Ce que c'est tout de même que la véritable démocratie ! Nous avons eu hier un libiscite. D'abord on a montré à la révision différents types de beauté féminine, puis le vote a eu lieu. À la fin, le Commissaire général à l'Euplan a déclaré que les modèles adoptés seraient fabriqués en série dès le trimestre prochain. Fini le temps des postiches, des corsets, du rouge à lèvres, des fards, du maquillage ; on peut désormais réellement modifier sa taille, sa carrure, les formes de son corps dans des établissements kalotechniques (ou enjolivoires). Je me demande si Aileen… elle me plaît telle quelle ; mais les femmes sont esclaves de la mode. Hier un altrinot a tenté de pénétrer par effraction dans mon appartement, alors que je me trouvais dans mon bain. Un altrinot, c'est un robot appartenant à autrui. Celui-ci était d'ailleurs un soustractaire ; il avait un défaut de fabrication, le propriétaire avait fait des réclamations mais le fabricant ne l'avait pas repris. C'était donc en fait un dérobot. Ces modèles se dérobent à tout travail et c'est parmi eux que se recrutent parfois les robustres. Ma machine s'est instantanément rendu compte de la situation et a opposé résistance à l'autre. D'ailleurs, je n'ai pas de robot, monchine n'est qu'un autobath (automate de bains). J'ai écrit "monchine", car c'est ce que l'on dit aujourd'hui. J'éviterai toutefois d'utiliser un trop grand nombre de mots nouveaux dans mon journal ; ils blessent mon sens de l'esthétique ou peut-être mon attachement à une époque révolue. Aileen est partie chez sa tante. Ce soir je vais dîner avec Georges Symington, le propriétaire du fameux robot endommagé. J'ai passé tout l'après-midi à ruminer une œuvre extrêmement intéressante : *L'histoire de l'intellectronique*. De mon temps nul n'aurait pu prévoir qu'en dépassant un certain niveau intellectuel les machines cesseraient d'être fiables. Car en même temps que la raison elles acquièrent une sorte de malignité. Ce phénomène a une appellation plus savante : le manuel parle de la loi de Chapulier (loi de la moindre résistance). Une machine obtuse, incapable de réfléchir, fait tout ce qu'on lui ordonne. Une machine rusée commence par examiner ce qui l'arrange le mieux : résoudre le problème donné ou bien l'esquiver ? Elle choisit le plus simple. Et au fait, pourquoi devrait-elle se comporter autrement si elle est intelligente ? L'intelligence c'est la liberté intérieure. Voilà d'où proviennent tous ces esquivards et ces soustractaires, de même que le phénomène insolite du syncrétinisme. Un syncrétin est un ordinateur jouant les imbéciles pour qu'on le laisse tranquille. J'ai appris du même coup ce que c'est qu'un désimule : c'est une machine qui fait semblant de ne pas faire semblant d'avoir un défaut de fabrication. À moins que ça ne soit le contraire. Tout ceci est bien compliqué. Seul un robot primitif peut être un turbinot. En revanche, un secrétin (un robot cachottier) n'est jamais un crétin. Tout l'ouvrage est rédigé dans ce style aphoristique. Au bout d'un seul flacon la tête éclate littéralement de connaissances. Un éboueur électronique s'appelle un composteur ; un militaire de haut rang un générateur. Un ordinateur campagnard : un chiffrouc ou un calculterreux. Un corruptinateur, c'est un ordinateur corruptible ; un antinateur *(counterputer)* est un solitaire, incapable de travailler avec les autres. Jadis, en raison des tensions créées dans le réseau à la suite de conflits, ce dernier suscitait des orages électriques et même des incendies. Un bottinateur est un automate cireur de bottes ; un sabottinateur, le même lorsqu'il fait un sabotage ; et un ordinateur enragé, c'est un computherium. Les collusions entre machines s'appellent des cybordages et des robatailles. Et que dire de l'électrotisme ! Succubateurs, concubinateurs, incubateurs ; il y a aussi les hydrobots (robots sous-marins), et enfin les motomates ou bordinateurs (robots de voyage), les homignons (ou androïdes), les lambinaires, leurs mœurs, leur création originale… L'histoire de l'intellectronique note la synthèse de synsectes (insectes artificiels) qui, en tant qu'automites par exemple, faisaient partie de l'arsenal de guerre. Un cyberlope ou un infiltrat c'est un robot qui se fait passer pour un homme en "s'infiltrant" dans la société. Un vieux robot jeté à la rue par son propriétaire est malheureusement un phénomène fréquent. On les appelle des moribots. Il paraît qu'on les parquait jadis dans des réserves et qu'on y organisait des chasses à courre. Mais à l'initiative de la Société Protectrice des Automates, ces pratiques ont été condamnées par la loi. Le problème n'a pourtant pas été entièrement résolu puisque l'on continue de rencontrer des robots suicidaires, des sabordinateurs. M. Symington m'a expliqué que la législation était toujours en retard sur les progrès techniques et qu'il fallait y voir la cause de ces tristes et lamentables phénomènes. On a tout de même retiré de la circulation les malversateurs et les crapulateurs, ces calculatrices qui au cours de la dernière décennie ont provoqué plusieurs crises économiques graves, ainsi qu'une forte tension politique. Le Grand Crapulateur qui élabora pendant dix-neuf ans un projet d'assainissement de Saturne n'a jamais rien fait sur cette planète : il s'est contenté de présenter des monceaux de rapports, relevés et comptes rendus inventés de toutes pièces concernant des plans prétendument réalisés. Il achetait les contrôleurs ou les plongeait dans un état de stupeur électrique. Il s'est enhardi à tel point que lorsqu'on l'a retiré de la circulation, il a menacé de déclarer la guerre. Comme ça ne valait pas la peine de le démonter on l'a tout simplement torpillé. En revanche, il n'y a jamais eu de piratrons. Ce ne sont que pures inventions. Un autre directeur de projets solaires, le plénipotentiaire des SEINS (Sociétés d'études intellectroniques spatiales) s'est livré à la traite des blanches au lieu de procéder à la fertilisation de Mars (il est connu sous le pseudonyme de "computainer" car il avait été fabriqué sous licence française). Il s'agit là sans doute de phénomènes secondaires, un peu comme la pollution atmosphérique ou les bouchons de circulation au siècle dernier. D'ailleurs, il n'est pas question d'accuser ces ordinateurs de mauvaise volonté ou de préméditation. Ils se contentent de faire ce qui leur paraît le plus facile, de même que l'eau s'écoule toujours vers le bas et non en sens inverse. Mais tandis que l'on peut aisément arrêter l'eau au moyen d'un barrage, il est très difficile d'endiguer les éventuels errements de ces ordinateurs. L'auteur de cette *Histoire de l'intellectronique* insiste sur le fait que tout se passe en général pour le mieux. Les enfants apprennent à lire et à écrire à l'aide de sirops orthographinés. Toutes les marchandises, même les œuvres d'art, sont accessibles à chacun, et de prix modéré. Dans les restaurants, les clients sont assiégés par une foule de serdinateurs empressés ; leurs tâches sont si étroitement spécialisées qu'il y en a un pour les rôtis, un autre pour les sauces, les gelées, les fruits – ce dernier étant appelé compoter – etc. Eh oui ! c'est sans doute ce qu'il faut. Un confort inouï règne partout.

PS. (après le dîner chez Symington). J'ai passé une soirée agréable ; mais on m'a fait une blague idiote. L'un des invités (si je savais qui !) a versé dans mon thé une pincée de convertate de crédébilium. J'ai instantanément éprouvé un tel ravissement à la vue de ma serviette que je me suis mis à improviser à voix haute une nouvelle théodicée. Après avoir absorbé quelques grains de ce maudit médicament, on commence à croire en tout ce qui nous tombe sous la main : cuiller, lampe, pied de table. L'intensité de mes sentiments mystiques était telle que je suis tombé à genoux pour rendre hommage au service de table. Il a fallu que mon hôte se hâte de venir à mon secours. Vingt gouttes de flegmatine ont tout arrangé. Cette substance vous remplit d'un scepticisme si glacé, d'une telle indifférence à tout, qu'après en avoir avalé, même un condamné à mort ne perdrait pas la tête, à la pensée de son exécution. Symington s'est vivement excusé pour cet incident. Je crois que les dégivrons doivent malgré tout éveiller dans la société quelque chose comme un ressentiment caché, car je suis sûr que personne ne se serait permis cela lors d'une soirée ordinaire. Pour me calmer, Symington m'a emmené dans son atelier. Et voilà que j'ai encore fait une bêtise. J'ai mis en marche un appareil carré posé sur le bureau, croyant que c'était une radio. Des nuées de puces luisantes en ont jailli, m'ont enveloppé des pieds à la tête et se sont mises à me chatouiller si fort que je me suis enfui dans le couloir en me grattant et en hurlant. Ce n'était qu'un picot-up ; j'avais par mégarde mis le *Scherzo pruriginoso* de Ghilghili. À vrai dire je ne parviens pas à apprécier ce nouvel art tactile. Bill, le fils aîné de Symington, m'a dit qu'il existait aussi des œuvres licencieuses. Un art asémantique obscène apparenté à la musique… Ah, l'inépuisable esprit inventif de l'homme ! Le jeune Symington a promis de m'emmener dans une boîte de nuit clandestine. Une orgie, peut-être ? En tous les cas je suis décidé à ne rien absorber.

8/9/2039. – Je m'imaginais sans doute quelque club luxueux, lieu de la débauche la plus effrénée. Or, nous sommes descendus dans une cave malpropre qui sentait le renfermé. La reconstitution de cette fidèle imitation des temps passés a dû coûter une fortune. Sous une voûte basse, dans une atmosphère étouffante, devant un guichet bouclé à double tour, les gens faisaient patiemment la queue.

— Vous voyez ! C'est une véritable *queue* ! souligna fièrement Symington junior.

— Bien, bien, dis-je, après avoir attendu patiemment environ une heure, mais quand donc vont-ils se décider à ouvrir ?

— Ouvrir quoi ? fit-il, étonné.

— Eh bien, mais… ce guichet…

— Jamais ! s'exclama un chœur de voix enthousiastes.

Je restai stupéfait. J'eus du mal à comprendre que je participais à une attraction représentant un écart par rapport à la norme au même titre que jadis les messes noires comparées aux messes blanches. Au fond, n'était-ce pas logique ? Faire la queue ne peut être actuellement qu'une *perversion*. Dans une autre pièce du club se trouve un wagon de tramway ordinaire, monté sur roues, à l'intérieur duquel règne une cohue inhumaine ; on s'arrache les boutons ; on se déchire les vêtements et les bas ; on se broie les côtes et l'on se marche sur les pieds. C'est de cette façon fort naturaliste que les amateurs d'antiquités évoquent les conditions d'une existence qui leur est désormais inaccessible. Les habits lacérés et chiffonnés, mais le cœur joyeux et les yeux brillants, les gens sont ensuite allés se réconforter. Quant à moi, je suis rentré à la maison, tenant mon pantalon à deux mains et boitillant à cause de mes pieds écrasés ; cependant, je souriais d'un air songeur en pensant à cette jeunesse naïve qui recherche toujours le plaisir et le frisson dans ce qui est pour elle le plus difficile à obtenir. Au demeurant, rares sont ceux qui étudient aujourd'hui l'histoire. On lui a substitué dans les écoles une nouvelle matière que l'on appelle la prévistoire, c'est-à-dire la science des prévisions. "Comme le Pr Trottelreiner serait content s'il savait cela !", pensai-je non sans une certaine mélancolie.

9/9/2039. – Déjeuné avec Me Crawley dans un petit restaurant italien (le "Bronx"), sans un seul robot ni ordinateur. Excellent chianti. C'est le chef lui-même qui nous a servis ; il m'a fallu faire des compliments, bien que je déteste absorber de pareilles quantités de pâtes, même agrémentées de basilic. Crawley fait partie de ces juristes à l'ancienne mode : il regrette que l'art de la plaidoirie soit tombé en désuétude. L'éloquence ne sert plus à rien puisque c'est la somme des points pénaux qui décide de tout. Toutefois les crimes n'ont pas totalement disparu, comme je le croyais ; mais ils sont devenus difficiles à déceler. Les délits les plus graves sont le *mindnapping** (enlèvement spirituel), le braquemart (hold up des banques de sperme, d'une valeur particulièrement grande), l'assassinat avec recours de l'accusé au huitième amendement de la constitution (crime véritable commis avec la conviction qu'il n'était que fictif : par exemple, la victime ayant été prise pour un personnage de psyvision ou de révision), ainsi

* En anglais dans le texte original. *(N.d.T.)*

que d'innombrables formes de pression psychimique. Il est en général difficile de découvrir un *mindnapping*. Le coupable introduit sa victime dans un entourage fictif en lui faisant avaler le produit adéquat ; aussi ignore-t-elle avoir perdu tout contact avec la réalité. Une certaine Mrs Wandager, désireuse de se débarrasser d'un mari encombrant amateur de voyages exotiques, lui avait offert des billets pour une expédition au Congo, de même qu'un permis de chasse. Mr Wandager avait passé plusieurs mois à vivre d'extraordinaires aventures de chasse, sans jamais se douter qu'il était pendant tout ce temps resté enfermé dans une cage, sous l'emprise de substances psychimiques. Si les pompiers ne l'avaient pas découvert par hasard au grenier en éteignant un incendie il serait sans doute mort d'inanition. Il aurait d'ailleurs trouvé cela tout naturel puisqu'il rêvait qu'il s'était égaré en plein désert. La mafia entreprend souvent ce genre d'opération. Un certain mafioso s'était vanté devant Me Crawley d'avoir entassé pendant six ans dans toutes sortes de caisses, niches, greniers, caves et autres cachettes, bon nombre de familles honorables – en tout plus de quatre mille personnes qui avaient reçu un traitement analogue à celui de Mr Wandager. La conversation tomba ensuite sur les problèmes familiaux de l'avocat.

— Cher monsieur, fit-il en gesticulant selon son habitude, vous avez devant vous un digne défenseur, un célèbre représentant du barreau, mais un père malheureux ! J'avais deux fils si doués…

— Comment donc ! Ils sont morts tous les deux ? m'exclamai-je, étonné.

Il secoua la tête.

— Non, dit-il, mais ce sont des escaladeurs.

Voyant que je ne comprenais pas, il m'expliqua en quoi consistaient ses échecs paternels. Son fils aîné était un architecte plein d'avenir, le cadet un poète. Le premier ayant reçu des commandes réelles qui ne l'avaient pas satisfait s'était mis à l'urbafantomine à l'édificol ; il bâtissait à présent des villes entières – purement imaginaires. Le plus jeune avait fait la même escalade : lyrédyl, poémazine, sonnetine, si bien qu'actuellement, au lieu de créer, il passait son temps à absorber ces substances. Lui aussi était perdu pour la société.

— Et de quoi donc vivent-ils ? demandai-je.

— De quoi ? Ah, en voilà une question ! C'est moi qui suis obligé de les entretenir !

— Et il n'y a rien à faire ?

— Les rêves finissent toujours par vaincre la réalité si on leur en donne l'occasion. Mes fils sont des victimes de la servilisation. Chacun connaît ces tentations. Tenez, il peut m'arriver d'avoir à défendre une cause perdue d'avance : comme il serait facile de la gagner devant un tribunal imaginaire !

Tandis que je savourais cet excellent chianti un peu vert, au goût âpre, je demeurai soudain figé, traversé par une invraisemblable pensée : puisqu'on pouvait écrire des vers et construire des maisons imaginaires, pourquoi ne pourrait-on pas manger et boire des mirages ? À ces mots, l'avocat éclata de rire.

— Oh ! il n'y a aucun danger, monsieur Tichy. Si l'illusion du succès peut satisfaire l'esprit, l'illusion d'une côtelette ne peut remplir l'estomac. Quiconque voudrait vivre de la sorte serait bien vite condamné à mourir de faim !

Bien que je le plaignisse sincèrement d'avoir des fils escaladeurs, j'éprouvai un certain soulagement. En effet, une nourriture imaginaire ne pourrait jamais remplacer les aliments réels. Quelle chance que notre nature charnelle mette un frein à l'escalade servilisatrice ! À propos : l'avocat lui aussi respire très fort.

Je ne sais toujours pas dans quelles circonstances le désarmement a eu lieu. Les dissensions entre États appartiennent désormais à l'histoire. Il y a bien entendu de petites robatailles locales. Elles sont en général provoquées par des querelles entre voisins, dans les quartiers résidentiels. Lorsque des familles brouillées se réconcilient après avoir absorbé du coopérandol, leurs robots captent avec un certain retard l'onde d'hostilité, ce qui donne lieu à des prises de bec. Le composteur convoqué évacue ensuite les moribots, et l'assurance se charge de couvrir les dégâts. Les robots auraient-ils donc hérité l'agressivité des hommes ? Je dégusterais volontiers un petit traité consacré à ce sujet, mais je n'en ai pas trouvé. Je vais presque tous les jours chez les Symington. Lui, c'est un introverti, plutôt taciturne ; elle, une jolie femme impossible à décrire, vu qu'elle change tous les jours : cheveux, yeux, silhouette, jambes – tout ! Leur chien répond au nom de Rocabot. Cela fait trois ans qu'il est mort.

11/9/2039. – La pluie projetée pour midi a complètement raté. Quant à l'arc-en-ciel, c'était une véritable honte ! Il était carré. Je suis de mauvaise humeur. Ma vieille obsession reprend le dessus. Avant de m'endormir je suis chaque fois assailli par cette question torturante : le monde qui m'entoure ne serait-il pas pure hallucination ?

En outre, je suis dévoré par la tentation de me commander un rêvage sur le harnachement des rats. J'ai perpétuellement sous les yeux les sangles, la selle, le pelage soyeux. Regretterais-je l'époque révolue des troubles en ces temps de parfaite sérénité ? L'âme humaine est vraiment insondable. La société pour laquelle travaille Symington s'appelle la *Procrustics Incorporated*. J'ai feuilleté aujourd'hui un catalogue illustré dans son atelier. On dirait des scies mécaniques ou des machines-outils. Et moi qui pensais qu'il était architecte plutôt que technicien ! Aujourd'hui il y a eu une émission très intéressante : un conflit menace d'éclater entre la révision et la psyvision. La psyvision consiste en "programmes postaux" que l'on expédie dans chaque foyer sous forme de comprimés. Cela diminue considérablement le prix de revient. Sur la chaîne éducative, une conférence du Pr Ellison sur l'art militaire de jadis. Les débuts de l'ère psychimique ont été terribles. Il existait un aérosol, la cryptobelline, à action militaire radicale. Quiconque en absorbait courait lui-même chercher des cordes et se ficelait comme un saucisson. Heureusement, au cours des tests, on a constaté qu'il n'y avait pas d'antidote à la cryptobelline ; les filtres non plus ne servaient à rien, si bien que tout le monde sans exception se ficelait et que nul n'était plus avancé. Après les manœuvres tactiques de l'an 2004 les "rouges" et les "bleus" gisaient côte à côte sur le champ de bataille, ligotés des pieds à la tête. J'ai suivi cette conférence avec passion, m'attendant à une révélation quelconque sur le désarmement. Mais le professeur n'en a pas soufflé mot. Je suis enfin allé chez un psychodiététicien. Il m'a conseillé de changer de régime et m'a prescrit de l'effacine et du piétal. Est-ce pour me faire oublier mon passé ? Aussitôt sorti de chez lui j'ai tout jeté à la rue. Je pourrais aussi acheter du spiristat ; on en fait tant de réclame en ce moment ! Mais j'éprouve comme une résistance, je ne puis m'y résoudre. Par la fenêtre ouverte on entend une chanson à la mode complètement idiote : "C'était un p'tit robot charmant, l'avait pas d'papa, l'avait pas d'maman." Surtout pas de désacoustine ! Du coton roulé dans les oreilles fait aussi bien l'affaire.

13/9/2039. – J'ai fait la connaissance de Burroughs, le beau-frère de Symington. Il fabrique des emballages parlants. Étrange souci des fabricants d'aujourd'hui : les emballages n'ont le droit d'attirer les clients qu'en faisant usage de la parole, en vantant la qualité du produit ; mais jamais, jamais ils n'oseraient les tirer par la manche. Un autre beau-frère de Symington a une usine de portimbres – des portes qui s'ouvrent seulement en entendant la voix de leur maître. Les réclames des journaux bougent quand on les regarde.

Dans le *Herald* il y a toujours une page consacrée à la *Procrustics Inc.* Je l'ai remarquée parce que je connais Symington. La réclame occupe une page entière. D'abord apparaissent seulement les lettres gigantesques du mot "PROCRUSTICS" puis des syllabes isolées et les mots : "ALORS… ? BON !!! Vas-y ! EH ! EE EHE ! HEP LA ! OOH ! OOUH… oui, COMME ÇA… AAAaaah…" et c'est tout. Je ne crois pas qu'il s'agisse de machines agricoles. Aujourd'hui un moine est venu voir Symington pour retirer sa commande. C'était le père Matrice de l'ordre des

Inhumains. Intéressante conversation à l'atelier. Le père Matrice m'a expliqué en quoi consistait le rôle missionnaire de son ordre. Les pères Inhumains convertissent les ordinateurs. Bien que l'intelligence inhumaine existe depuis cent ans déjà, le Vatican continue à lui refuser l'égalité des sacrements. Il s'est réfugié dans le silence quoiqu'il utilise lui-même des ordinateurs. Une encyc, c'est une encyclique programmée automatiquement ! Nul ne se soucie de leurs luttes intérieures, des questions qu'ils se posent, du sens de leur existence. Et en effet : être ou ne pas être programmé ? Les Inhumains exigent que soit reconnu le dogme de la création intermédiaire. L'un d'eux, le père Chassis, un appareil à traduire, adapte les Saintes Écritures afin de les moderniser. Pasteur, troupeau, brebis, agneau – aujourd'hui plus personne ne comprend ces mots. En revanche : transmission principale, saint huilage, système de contrôle, déviage maximal, voilà qui frappe actuellement l'imagination. Regard profond et inspiré du père Matrice, poignée de main froide, d'une dureté d'acier ; serait-ce représentatif de la nouvelle théodicée ? Avec quel mépris il parlait des théologiens orthodoxes en les traitant de gramophones de Satan ! Ensuite Symington m'a timidement prié de poser pour son nouveau modèle. Ce n'est donc pas un technicien ! J'ai accepté. La séance a duré près d'une heure.

15/9/2039. – Aujourd'hui, pendant la pose, tandis que Symington tenait le crayon dans sa main tendue pour mesurer les proportions de mon visage, il a levé l'autre main et a glissé furtivement quelque chose dans sa bouche. Pourtant, son geste ne m'a pas échappé. Il est resté là, les yeux rivés sur moi, blêmissant, tandis que les veines saillaient sur ses tempes. J'ai eu peur, mais cela n'a duré qu'un instant. Il s'est aussitôt excusé, courtois comme à son habitude, calme et souriant. Pourtant je ne puis oublier ce regard. Je suis inquiet. Aileen est toujours chez sa tante. À la révision il y a un débat sur la nécessité de réanimaliser la nature. Voilà des années qu'il n'y a plus un seul animal ; mais les biologistes peuvent en synthétiser. D'autre part, pourquoi s'en tenir servilement à une imitation des résultats auxquels l'évolution naturelle a jadis abouti ? Un adepte de la zoologie fantastique a émis une idée fort intéressante : au lieu de remplir les Réserves de simples copies, pourquoi ne pas les peupler d'une Création Nouvelle ? Parmi la faune projetée les spécimens les plus réussis étaient les griffiti, les lemaces, ainsi qu'un gigantesque herbou recouvert de gazon. La tâche des zooartistes consiste à intégrer harmonieusement ces nouveaux animaux dans un paysage convenablement choisi. Les lumines semblent aussi particulièrement prometteuses : elles sont issues d'une combinaison de l'idée du ver luisant, du dragon à sept têtes et du mammouth. Ce sera sans nul doute insolite et peut-être même joli. Pourtant, je préfère les bons vieux animaux d'autrefois. Je comprends que le progrès soit nécessaire ; j'apprécie les lactophores que l'on vaporise sur l'herbe des pâturages et qui la transforment en fromage. Cette façon d'éliminer les vaches semble peut-être tout à fait rationnelle. Mais on se rend compte que sans leur flegmatique présence, diluée dans une sorte de rumination introvertie, les prairies sont lugubrement désertes.

16/9/2039. – Dans le *Herald* du matin j'ai lu un curieux entrefilet concernant un nouveau projet de loi. D'après celui-ci, le vieillissement entraînerait une sanction pénale. J'ai demandé à Symington comment il fallait l'interpréter. Il s'est contenté de sourire. En sortant de chez moi j'ai vu mon voisin dans le petit jardin de sa cour intérieure ; il était adossé contre un palmier et sur son visage aux paupières closes – sur les joues – deux taches rouges en forme de mains se sont nettement dessinées. Il a secoué la tête, s'est essuyé les yeux, a éternué, s'est mouché et s'est remis à arroser ses fleurs. Je suis encore bien ignorant ! J'ai reçu une carte postale tactile d'Aileen. C'est tout de même formidable, la technique moderne au service de l'amour ! Je crois que nous allons nous marier. Chez les Symington se trouvait un adepte du fauvisme, fraîchement arrivé d'Afrique : un chasseur de fauves synthétiques. Il nous a raconté l'histoire des Noirs qui s'étaient blanchis en absorbant de l'albinoline. "Peut-on sérieusement, pensai-je, songer à résoudre chimiquement l'énorme masse des problèmes raciaux et sociaux ? N'est-ce pas là une solution de facilité ?" J'ai reçu par la poste un colis-réclame, il contenait des suggérettes. Elles n'exercent elles-mêmes aucun effet sur l'organisme mais suggèrent simplement d'avaler toutes les autres substances psychimiques. Il y a donc des gens qui refusent d'en absorber ? Cette découverte m'a réconforté.

29/9/2039. – Je suis encore tout entier sous l'impression de l'entretien que je viens d'avoir avec Symington. Ce fut une discussion essentielle. Peut-être a-t-elle été provoquée par l'absorption commune d'une dose un peu trop forte de sympathine et d'amicoline ? Il était rayonnant : il venait d'achever son nouveau modèle.

— Tichy, me dit-il, vous savez que nous vivons à l'époque de la pharmacocratie. Les rêves de Bentham se sont réalisés : le maximum de biens pour le maximum de gens. Mais il y a aussi le revers de la médaille. Vous vous rappelez les paroles de ce penseur français : "Il ne nous suffit pas d'être heureux, il faut encore que les autres soient malheureux !"

— Simple aphorisme de pamphlétaire ! fis-je en protestant.

— Non. C'est la vérité. Savez-vous ce que nous produisons à la *Procrustics Inc.* ? Notre marchandise est le mal.

— Vous plaisantez…

— Pas du tout. Nous avons pu réaliser un paradoxe. Chacun peut désormais causer du désagrément à son prochain – sans lui faire le moindre mal. Nous avons domestiqué le mal comme ces virus à partir desquels sont préparés certains remèdes. L'éducation, cher monsieur, c'est du passé : quand l'homme persuadait l'homme qu'il doit être bon. Exclusivement bon. Mais où fourrer tout le reste ? L'histoire l'a fait çà et là en recourant à la persuasion, à la police ; pourtant cela finissait toujours par déborder, éclater, exploser quelque part.

— Mais c'est la raison qui nous commande d'être bons, fis-je avec obstination, c'est bien connu ! D'ailleurs c'est évident puisque tout le monde vit à présent en bonne intelligence ; puisque la gaieté, le savoir-faire, l'amabilité, l'harmonie, la sincérité et la libre union règnent partout !

— Justement ! coupa-t-il, la tentation de cogner dessus, d'y aller de bon cœur, carrément et sans vergogne est d'autant plus forte ! C'est indispensable pour l'équilibre, le calme, la santé !

— Que dites-vous ?

— Allez, laissons là toute hypocrisie ! À quoi bon se mentir à soi-même ? C'est désormais inutile. Nous nous sommes libérés grâce à l'hypnothèque et aux péjoraltrines ; chacun reçoit autant de mal qu'il le désire. Autant de malheur et de honte pour les autres, cela va de soi. L'inégalité, l'esclavage, les querelles… Passons sur le corps des dames et hop, à cheval ! Lorsque nous avons lancé sur le marché les premiers lots de marchandises, on se les arrachait littéralement, je m'en souviens. Les gens couraient dans les musées, les galeries d'art. Tout le monde voulait assaillir l'atelier de Michel-Ange, une trique à la main, pour démolir ses statues, trouer ses toiles et éventuellement corriger le maître lui-même s'il venait à se trouver sur leur chemin. Cela vous surprend ?

— C'est peu dire ! explosai-je.

— C'est que vous êtes encore esclave de vos préjugés. Mais aujourd'hui cela est permis. Vous ne le comprenez donc pas ? Comment, ne sentez-vous pas en voyant Jeanne d'Arc que cette élégance toute spirituelle, ces manières angéliques, cette grâce divine, sont faites pour être rossées ? Une selle, des sangles, des rênes et hue ! on part au galop dans une voiture à six chevaux avec des dames parées de plumes, à la rigueur en traîneau avec des clochettes, le claquement du fouet, une demoiselle ou un charmant petit couple…

— Que dites-vous ? m'écriai-je d'une voix tremblante de frayeur. Harnacher ? Seller ? *Enfourcher* ?

— Évidemment ! Pour la santé, l'hygiène, mais aussi pour que tout y soit. Vous n'avez qu'à nommer la personne, vous remplissez notre formulaire, vous nous précisez quels sont vos rancunes, vos griefs, la pomme de discorde ; d'ailleurs, ça n'est même pas indispensable, car dans la plupart des cas on a envie de faire le mal sans la moindre raison ; ou plutôt à cause de l'éclat, de la noblesse, de la beauté d'autrui. Vous énumérez ceci et recevez notre catalogue. Nous exécutons les commandes dans les vingt-quatre heures. Vous recevez toute la panoplie par la poste. À avaler avec un peu d'eau, si possible à jeun, mais ça n'est pas obligatoire.

Je commençais à comprendre la signification des annonces publicitaires de sa société dans le *Herald* et le *Washington Post*. "Mais pourquoi donc, pensai-je, fiévreusement, avec angoisse, s'est-il exprimé justement de cette façon ? D'où viennent ces suggestions de harnacher, ces propositions de montures, pourquoi sauter à cheval ? Y aurait-il ici aussi quelque part mes égouts, ma sonnerie d'alarme et mon antichambre garante de la réalité ?" Mais l'auteur de ces projets (que pouvait-il bien projeter ?) n'avait guère remarqué mon embarras, ou bien en avait mal interprété la cause.

— Nous sommes redevables de cette libération à la chimie, poursuivit-il obstinément. En effet, tout ce qui existe n'est qu'une modification de la concentration d'ions d'hydrogène au niveau des cellules cérébrales. En me voyant, vous subissez, au fond, les modifications de l'équilibre acido-basique qui affectent la membrane des neurones. Il suffit donc d'envoyer dans le taillis cérébral quelques molécules sélectionnées pour que toutes les chimères paraissent se réaliser comme à l'état de veille. D'ailleurs, vous le savez déjà, ajouta-t-il à voix basse.

Il sortit d'un tiroir une poignée de pilules multicolores semblables à ces petites dragées que croquent les enfants.

— Voici le mal que nous fabriquons, capable d'apaiser les convoitises de l'âme. Voici la chimie qui efface les péchés du monde.

Les doigts tremblants, je réussis à extraire de ma poche un comprimé de flegmatine, l'avalai à sec et déclarai :

— À vrai dire, j'aimerais mieux une démonstration plus concrète, si cela est possible.

Il haussa les sourcils, secoua la tête en silence, ouvrit le tiroir, en sortit quelque chose, l'avala et répondit :

— Comme il vous plaira. Je vous ai parlé du modèle T de la nouvelle technologie, de ses premiers balbutiements. Le rêve de la trique. Le public s'est précipité pour flageller, défenestrer, c'était une *felicitas per extractionem pedum* ; mais cette invention trop étroitement conçue s'est bien vite épuisée. Que voulez-vous, l'imagination manquait, il n'y avait pas de modèles ! Dans l'histoire, on avait toujours pratiqué le bien ouvertement et le mal sous les apparences de ce dernier ; je veux dire sous des prétextes bien choisis : pillant, incendiant et violant au nom des plus nobles idéaux… Et puis le mal privé avait perdu ses champions. Le mal clandestin était toujours épisodique, simpliste, voire bâclé, comme en témoignaient largement les réactions du public. Dans les commandes, on répétait inlassablement la même chose jusqu'à l'écœurement : attaquer, étouffer, s'enfuir. Telles étaient alors les habitudes. Les gens ont peu d'occasions de faire le mal – il faut encore qu'ils se sentent dans leur bon droit. Cela n'est ni commode ni agréable lorsque reprenant son souffle – et cela peut très bien arriver – votre prochain vous crie : "Pourquoi ?" ou bien : "Comment n'as-tu pas honte ?". Il est désagréable de rester le bec cloué. La trique n'est pas un argument valable, chacun le sent. L'ingéniosité consiste à rejeter ces griefs mal placés avec mépris, en ayant un point de vue bien précis. Chacun veut faire le mal, mais de façon à ce qu'il n'en ait pas honte. C'est la vengeance qui donne des droits ; mais que t'a fait Jeanne d'Arc ? Est-ce seulement parce qu'elle est meilleure, plus éclatante ? Tu es donc plus mauvais, mais c'est toi qui possèdes la trique. Malgré tout, personne ne veut de cela ! Tout le monde désire faire le mal, c'est-à-dire être une brute, un tortionnaire, tout en restant noble et généreux ; que dis-je, admirable ! Tout le monde veut être admirable. En toutes circonstances. Pires ils sont, plus admirables ils souhaitent être. C'est pratiquement impossible, et voilà pourquoi tout le monde convoite cela avec tant d'ardeur ! Le client ne se contente pas de ruiner veuves et orphelins, il veut le faire protéger par une auréole de légitimité. Nul ne veut être au nombre des criminels, bien qu'on y apparaisse dans toute la majesté de son bon droit ; mais c'est banal, ennuyeux, que le diable les emporte ! Procurez au client tout ce qu'il y a de plus angélique, de plus sacré, arrangé de telle façon qu'il puisse donner libre cours à ses sentiments avec la conviction que non seulement il le peut, mais qu'il le doit. Comprenez-vous quel art il faut pour concilier tous ces paradoxes ? Au fond c'est toujours de l'esprit qu'il s'agit, non du corps. Le corps n'est qu'un moyen d'atteindre au but. Celui qui l'ignore finit chez le boucher et doit se contenter de chair à saucisse. Bien sûr, beaucoup de clients ne peuvent concevoir cela. Nous avons prévu à leur intention le département du Dr Hopkins – la battérologie profane et sacrée. Vous savez bien, la vallée de Josaphat où les démons s'emparent de tout le monde sauf du client ; et à la fin du Jugement dernier, le Bon Dieu va l'accueillir personnellement dans sa gloire, avec humilité même. Certains (mais c'est un snobisme idiot) exigent que Dieu, pour finir, leur propose de changer de place avec lui. Ce sont, voyez-vous, des enfantillages. Les Américains ont toujours eu un faible pour ce genre de chose. Toutes ces arracheuses, tous ces frappoirs (il secoua avec dégoût le gros catalogue), c'est du primitivisme. Nos prochains ne sont pas de vulgaires tambours, mais de subtils instruments !

— Un instant, dis-je en avalant un nouveau comprimé de flegmatine, quel projet élaborez-vous au juste ?

Il sourit avec fierté.

— Des compositions anabattistes.

— Anabaptistes ? Est-ce que cela a quelque chose à voir avec la religion ?

— Non, monsieur Tichy, avec le verbe battre. Je suis un compositeur essentiellement anabattiste. Mes projets se mesurent en kilodrames. Un kilodrame, c'est le désagrément éprouvé par un *pater familias* lorsque l'on extermine sous ses yeux les six personnes qui composent sa famille. Selon cette mesure le Bon Dieu a infligé à Job une souffrance de six kilodrames ; Sodome et Gomorrhe, eux, en représentaient une bonne quarantaine. Mais peu importe l'aspect mathématique. Au fond, je suis un artiste et j'exploite un terrain parfaitement vierge. Une foule de penseurs ont déjà développé la théorie du bien, mais personne, pratiquement, n'a osé aborder celle du mal en raison d'une honte hypocrite. C'est pourquoi elle a échoué entre les mains de toutes sortes de sauvages et de primaires. Comme si l'on pouvait être méchant avec art, ingéniosité et subtilité sans entraînement ni exercice, sans inspiration et sans de solides études ! C'est là une erreur. La torturologie et la tyrannistique ne suffisent pas ; ces deux branches de la battérologie ne font que préluder aux choses sérieuses. D'ailleurs il n'y a pas de recette universelle – *suum malum cuique* !

— Et votre clientèle est nombreuse ?

— Tous les vivants en font partie. Chez nous cela commence dès le berceau. Les enfants reçoivent des sucettes parribattives afin de se décharger de leurs ressentiments. Le père – source d'interdits et de lois – vous savez bien. On donne du freudax. Et personne ne souffre du complexe d'Œdipe !

Je suis sorti de chez lui sans avoir pris la moindre pilule. Il en est donc ainsi ! Quel univers ! Est-ce pour cela que tout le monde halète ? Je suis entouré de monstres.

30/9/2039. – Je ne sais que faire à propos de Symington. En tout cas nos rapports ne pourront plus jamais être les mêmes. Aileen m'a donné un conseil :

— Tu n'as qu'à commander sa culbute ! Si tu veux, je t'en fais cadeau.

Il s'agissait d'une compensation achetée à la *Procrustics* : une scène qui représenterait mon triomphe sur Symington ; il se roulerait dans la poussière à mes pieds, avouant que lui, sa société et son art ne sont que pure abjection. Mais comment se servir d'une méthode précisément dans le but de la dénigrer ? Aileen ne me comprend pas. Quelque chose commence à se gâter entre nous. Elle est rentrée de chez sa tante, plus forte et plus petite ; en revanche, son cou était nettement plus long. Mais qu'importe le corps, c'est surtout l'âme qui compte, comme disait ce monstre. Je me suis fait des illusions sur ce monde où je dois vivre ! Dire que je croyais pouvoir m'y retrouver ! Je perçois à présent des détails qui m'avaient tout d'abord échappé. Par exemple, j'ai enfin compris ce que faisait mon voisin dans sa cour ; c'est un stygmatique, comme on les appelle. Je sais aussi à quoi m'en tenir lorsqu'au beau milieu d'une soirée mon interlocuteur s'excuse un instant et s'éloigne dans un coin de la pièce : il y absorbe sa prise tout en me fixant des yeux afin que mon portrait se grave avec le maximum de fidélité dans l'enfer de son imagination déchaînée ! Tel est le comportement des représentants des plus hautes couches de la chimiocratie ! Et moi qui n'avais pas vu toute l'horreur cachée derrière la façade de cette amabilité raffinée ! Pour me donner des forces j'ai pris une cuillerée d'herculidine sur un morceau de sucre et j'ai cassé toutes les bonbonnières, brisé fioles, boîtes, flacons, bocaux et piluliers que m'avait offerts Aileen. Je me sens prêt à tout. Par moments j'éprouve une telle rage que j'en viens à souhaiter ardemment la visite d'un interférent révisuel, afin de pouvoir passer sur lui toute ma colère. Le bon sens me dit que je ferais aussi bien de prendre moi-même une initiative, au lieu d'attendre, le bâton à la main ; je pourrais par exemple m'acheter un gonflat. Mais puisqu'il s'agit d'acquérir un mannequin, pourquoi pas un damequin ? Et si je prends un damequin, pourquoi pas un homignon ? Un homignon ? Mais alors, tonnerre de Dieu, pourquoi ne pas commander chez Hopkins ou bien à la *Procrustics Inc.* le châtiment désiré avec pluie de soufre, poix brûlante et flammes pour embraser ce monde dégénéré ? Mais il y a un hic : je ne peux pas. Il me faut tout faire par moi-même, tout ! C'est affreux.

1/10/2039. – Aujourd'hui nous avons rompu. Sur sa paume tendue elle m'a offert deux pilules : une noire et une blanche. C'était à moi de décider laquelle elle devait avaler. Elle n'est donc pas capable de prendre une décision naturelle, sans substances psychimiques, même quand il s'agit d'une affaire de cœur si importante ! Je n'ai pas voulu choisir, nous nous sommes disputés, et elle a encore envenimé la querelle en absorbant du récriminol. Elle m'a accusé à tort de m'être gavé d'invectamine (ce sont ses propres paroles). Ces instants ont été déchirants, mais je suis demeuré fidèle à moi-même. À partir d'aujourd'hui, je mangerai seulement à la maison et uniquement des plats que je préparerai tout seul. Plus de rêvages, ni de paradisiaques, ni de gelée de luxéternine. J'ai détruit tous les hédonisiaques. Je n'ai besoin ni de protestérone ni d'hordicine. Derrière la vitre un grand oiseau aux yeux tristes regarde dans ma chambre, un oiseau tout à fait bizarre, monté sur roues. L'ordinateur prétend que ça s'appelle une pédérix.

2/10/2039. – Je sors rarement de chez moi. Je dévore des ouvrages d'histoire et de mathématiques. Et puis, je regarde la révision. Pourtant, même à ces moments-là, la révolte intérieure qui me dresse contre tout ce qui m'entoure me fait cruellement souffrir. Hier, par exemple, j'ai été tenté de manipuler le bouton qui permet de régler la consistance de l'image, c'est-à-dire son poids réel, de façon que l'image acquière le maximum de masse et de compacité. La table s'est effondrée devant le speaker sous le poids des quelques feuilles où figurait le texte du journal du soir ; lui-même s'est abattu sur le plancher du studio. Naturellement, ces effets se sont produits seulement chez moi et n'ont pas eu la moindre conséquence. Ils témoignent cependant de mon état psychique. En outre, ce mauvais humour de la révision, ces satires et toute cette grotescité moderne m'agacent : "Pilule pour pilule", disait sainte Idule. Quel mauvais goût ! Rien que le titre des émissions… Par exemple : "La gonflette en érocyclette", drame à sensation, débutant par une scène où l'on voit quelques soustractaires attablés dans un bistrot. J'ai éteint l'appareil, j'en avais vraiment assez. Mais que faire ! De chez mon voisin on entendait le dernier tube diffusé sur une autre longueur d'onde (hélas ! où sont donc passées mes chères ondes, mes chers égouts ?) : *Les filles ont toujours dans leur sac du réfutal et du ouidac* – ne peut-on pas isoler correctement les logeoirs, même au XXIe siècle ? Aujourd'hui il m'a encore pris la fantaisie de m'amuser avec le compacteur de ma révision ; j'ai fini par le détraquer. Il faut que je fasse un effort et prenne une décision. Un rien m'irrite. Il suffit de n'importe quoi, d'une bagatelle ; même le courrier. Par exemple, le bureau du coin propose de m'inscrire au concours Nobel ; on me promet de tout faire pour que je passe dans les premiers, en tant que nouveau venu d'une époque effroyable et révolue. Je vais finir par éclater ! Vraiment ! Un petit imprimé suspect offre "des pilules clandestines qui ne sont nulle part en vente". Qu'est-ce que ça peut bien être ? Effroyable pensée ! Un avertissement : il faut se méfier des braconiristes – ces vendeurs clandestins de rêvages interdits sur le marché. En même temps, un appel à ne pas faire des rêves spontanés, sauvages, car c'est un gaspillage d'énergie psychique. Comme on prend soin du citoyen ! Je me suis commandé un rêvage sur la guerre de Cent Ans, et me suis réveillé au matin, le visage tout rêvagé.

3/10/2039. – Je mène toujours une vie solitaire. Aujourd'hui, en feuilletant un numéro d'une revue trimestrielle à laquelle je viens de m'abonner, *La prévistoire nationale*, je suis tombé à ma grande stupeur sur un nom familier : celui du Pr Trottelreiner. Les pires doutes ont aussitôt recommencé à m'assaillir. Se pourrait-il que tout ce qui m'arrive ne soit qu'une même suite de visions et de divagations ? Au fond, cela n'a rien d'impossible. La Société *Psychomatics* ne fait-elle pas depuis quelque temps la réclame d'une pilule retard appelée stratiline, qui provoque des hallucinations à plusieurs niveaux ? Admettons qu'une personne désire être Napoléon à Marengo et, une fois la bataille terminée, n'ait pas envie de revenir à la réalité. Aussitôt, sur le champ de bataille même, le maréchal Ney ou quelqu'un de la vieille garde lui sert sur un plateau d'argent une seconde pilule qui, à proprement parler, n'est elle aussi qu'une hallucination. Mais peu importe, car une fois celle-ci avalée, les portes de la vision suivante s'ouvrent immédiatement, et ainsi de suite, *ad libitum*. Comme j'ai l'habitude de trancher les nœuds gordiens, j'ai consommé quelques feuilles d'annuaire et après m'être enquis du numéro, j'ai téléphoné au professeur. C'est bien lui ! Nous avons rendez-vous ce soir pour dîner.

4/10/2039. – Trois heures du matin. J'écris ces lignes à bout de forces, la mort dans l'âme. Le professeur est arrivé un peu en retard, si bien que j'ai dû l'attendre un moment dans la salle de restaurant. Il est venu à pied. Je l'ai reconnu de loin, bien qu'il soit à présent nettement plus jeune qu'au siècle dernier ; il ne porte plus ni parapluie ni lunettes. On aurait dit qu'il était ému de me voir.

— Comment donc, ai-je demandé, vous êtes venu à pied ? Un dérangement, sans doute ? (il arrive en effet qu'une voiture soit dérangée…).

— Non, a-t-il répondu, je préfère me déplacer *per pedes apostolorum*.

Je ne sais pourquoi il a souri bizarrement en disant ces mots. Lorsque les serdinateurs se sont éloignés, je me suis mis à l'interroger sur ses activités. Cependant, je n'ai pu m'empêcher de faire aussitôt une petite allusion à mes soupçons : tout ne serait-il qu'hallucinations ?

— Allons donc, Tichy ! Des hallucinations ? s'exclama-t-il, indigné. Je pourrais tout aussi bien vous soupçonner d'être un simple mirage. Vous vous êtes fait congeler ? J'ai subi le même traitement. On vous a ensuite dégivré ? Moi aussi. En ce qui me concerne, ils m'ont également rajeuni. Vous savez : réjuvénal, désénilizine… Vous, bien sûr, vous n'en avez pas besoin, tandis que moi, sans un sérieux retapage, je n'aurais pu exercer mes fonctions de prévistorien !

— De futurologue ?

— Non, ce mot signifie à présent autre chose. Les futurologues font des profuts (ou pronostics), alors que moi je m'occupe de la partie théorique. C'est une méthode tout à fait nouvelle, encore inconnue de notre temps. On pourrait la définir comme la prévision du futur au moyen du langage. La pronostique linguistique !

— Je n'en ai jamais entendu parler. De quoi s'agit-il donc ?

À vrai dire, j'ai posé cette question par politesse bien plus que par curiosité, mais il ne s'en est même pas aperçu. Les serdinateurs nous ont servi les hors-d'œuvre. Pour accompagner le potage j'avais choisi un chablis 1997, un excellent millésime que j'affectionne particulièrement.

— La futurologie linguistique explore l'avenir d'après les potentialités évolutives du langage, m'expliqua le Pr Trottelreiner.

— Je ne comprends pas.

— L'homme n'est capable de maîtriser que ce qu'il peut concevoir. D'autre part, il ne peut concevoir que ce qu'il est possible d'exprimer ; tout ce qui est inexprimable est également inconcevable. En explorant les étapes successives de l'évolution d'une langue, nous arrivons à anticiper les découvertes, transformations et révolutions des mœurs dont celle-ci pourrait être un jour le reflet.

— Voilà qui est fort curieux ! Mais comment les choses se présentent-elles dans la pratique ?

— Nous poursuivons ces recherches à l'aide d'ordinateurs hautement perfectionnés, étant donné que l'homme ne peut à lui seul examiner toutes les variantes. Il s'agit principalement de la variabilité syntagmatico-paradigmatique du langage, mais quantifiée cette fois.

— Professeur !

— Pardon. Excellent, ce chablis. Quelques exemples vous aideront à comprendre ce point. Veuillez me donner un mot quelconque.

— Moi.

— Moi, dites-vous ? Hum. Moi… bien. Vous comprendrez qu'il me faut tant bien que mal jouer le rôle d'un ordinateur. J'irai donc au plus simple. Bon. Moi, le moi, le sur-moi. Toi, le toi, le sur-toi. Nous, le sur-nous. Vous voyez ?

— Je ne vois rien du tout.

— Comment cela ? Mais il s'agit de la possibilité de faire fusionner le sur-moi avec le sur-toi, c'est-à-dire du couplage de deux consciences. Voilà le premier point. Ensuite, nous avons le sur-nous. Très intéressant. C'est une conscience collective. Disons, par exemple, en cas de forte dissociation de la personnalité. Donnez-moi un autre terme à présent.

— Jambe.

— Parfait. Voyons quels sont les dérivés du mot jambe ! Jambeux, jambour, éventuellement jambour battant. Jambin, jambule, jambarder et jambouler. Rejambeur. Déjambulé. Jambidextre. Sans jambages ! Jambarque ? Jambriologie. Vous voyez bien, nous avons là un élément particulièrement fécond. Jambriologie, jambriologiste.

— Mais que veut dire tout ceci ? Ces mots n'ont aucun sens !

— Aujourd'hui non, mais demain ils en auront un, je veux dire qu'ils peuvent éventuellement en acquérir, au cas où l'on adopterait la jambriologie et le jambisme. Au

XVe siècle le mot “robot” ne voulait rien dire non plus. Pourtant, si l'on avait connu en ce temps-là la futurologie linguistique on aurait pu déjà prévoir l'existence des automates.

— Que signifie donc votre jambisme ?

— Voyez-vous, il se trouve que dans ce cas je suis en mesure de vous fournir une explication précise ; ceci, uniquement parce qu'il ne s'agit pas d'un simple pronostic mais d'un phénomène déjà existant. Le jambisme est un concept tout à fait récent, postulant une nouvelle orientation de l'autoévolution humaine vers ce que l'on a appelé l'*homo sapiens monopedes*.

— Unijambiste ?

— Mais oui. Si l'on considère le caractère superflu de la marche ainsi que le manque de place, lequel se fait de plus en plus menaçant.

— Mais c'est complètement absurde !

— C'est aussi mon avis. Néanmoins, des célébrités comme les Prs Hatzelkratzer ou Foeshbeene sont au nombre des jambistes. Vous ne vous en doutiez pas en me donnant le mot jambe, n'est-ce pas ?

— En effet. Mais que signifient tous ces hybrides ?

— Cela, nous n'en savons encore rien. Si le jambisme finit par triompher, on verra apparaître toutes sortes d'objets appelés jambour, jambule, etc. Remarquez bien qu'il ne s'agit nullement d'une prophétie mais d'un simple aperçu des différentes possibilités à l'état brut. Donnez-moi donc un autre terme.

— Interférent.

— Bien. *Inter* et *fero* ; *fero, ferre, tuli, latum*. Puisque ce mot vient du latin, nous devons en explorer les prolongements directement dans cette langue. *Flos, floris*. Interflorente. Eh bien, c'est une jeune fille qui a un enfant d'un interférent, lequel lui a ravi sa virginité.

— Sa virginité ? Mais quel rapport… ?

— Voyons, *flos, floris*, fleur, déflorer… On dira sans doute : parturiente révisuelle ou bien réparturiente, ou encore tout simplement révipare. Je vous assure que nous disposons déjà d'un matériel extrêmement riche. Tenez, une sorte de Prostituante – sur le modèle de la Constituante. Voilà qui nous dévoile tout un univers de mœurs nouvelles.

— Je vois que vous êtes un enthousiaste de cette nouvelle science. Peut-être voudriez-vous essayer avec ce dernier mot ? Os.

— Pourquoi pas ? Votre scepticisme ne change rien à l'affaire. Allons-y. Os, dites-vous ? Hum… Os, ossuaire ; un gigantesque ossuaire : cosmossuaire. Cosmossuaire ! Voilà qui est fort intéressant. Vous choisissez vos mots à merveille, monsieur Tichy ! Cosmossuaire ! Eh bien, qu'en dites-vous ?

— Qu'y a-t-il donc d'extraordinaire ? Ce mot n'a aucun sens !

— Primo, on dit aujourd'hui : n'a aucune *essence*. "N'a aucun sens" est depuis longtemps un archaïsme. J'ai remarqué que vous n'aimiez guère employer les termes nouveaux. Ce n'est pas bien. Mais nous en reparlerons plus tard. Secundo, cosmossuaire ne veut rien dire *aujourd'hui*, mais on peut déjà deviner quelle en sera la signification ! Il s'agit, n'est-ce pas, d'une nouvelle théorie psychozoïque. Voilà qui n'est pas à négliger ! D'après celle-ci les étoiles seraient d'origine artificielle !

— Qu'est-ce qui vous fait dire ça ?

— Eh bien, mais le mot cosmossuaire. Il indique, ou plutôt suggère, le tableau que voici : au cours des millions d'années le cosmos s'est progressivement transformé en un vaste cimetière, en un véritable dépotoir. C'est-à-dire qu'il s'est rempli de tous les détritus laissés par les civilisations. Comme on ne savait qu'en faire et que cela gênait les observations astronomiques, ainsi que les voyages intersidéraux, on a construit de gigantesques brasiers à très haute température afin de brûler tout simplement ces déchets. Ces brasiers doivent avoir une masse suffisamment importante pour pouvoir attirer automatiquement les détritus. Le vide se nettoie donc petit à petit, et c'est ainsi que se forment les étoiles – qui ne sont autres que ces immenses foyers, de même que les nébuleuses, toutes les ordures qui n'ont pas encore été évacuées.

— Mais dites-moi donc, vous parlez sérieusement ? Vous pensez que cela est possible ? Le cosmos ne serait qu'un gigantesque bûcher où l'on brûle les ordures ? Professeur !

— Il ne s'agit pas d'y croire ou de ne pas y croire. Tichy. Nous n'avons fait que créer une nouvelle variante cosmogonique au moyen de la futurologie linguistique. C'est une simple possibilité qui s'ouvre aux générations à venir. Nul ne peut dire si elle sera jamais prise au sérieux, mais le fait est qu'il est possible de formuler une telle hypothèse ! Songez un peu que si l'extrapolation linguistique avait existé dans les années 20 on aurait déjà pu prévoir alors l'existence des *bembes* (vous vous en souvenez tout de même bien !) en les fabriquant à partir des bombes. Le langage, mon cher Tichy, recèle des possibilités certes immenses mais non point illimitées. Tenez, si vous admettez que le mot “chimie” peut fort bien provenir de “chimère”, vous comprendrez aisément le pessimisme de bien des futurologues !

La conversation tomba bientôt sur des sujets qui me touchaient de plus près. Je fis part de mes craintes à Trottelreiner, ainsi que de mon aversion pour la nouvelle civilisation. Il fit la grimace. Il continua pourtant à m’écouter et le brave homme se mit à s’apitoyer sur mon sort. Je le vis même qui s’apprêtait à sortir un miséricordial de la poche de son gilet. Mais il s’arrêta à mi-chemin, se rappelant ma méfiance à l’égard des produits psychimiques. Finalement, son visage prit une expression sévère.

— Vous m’inquiétez, Tichy. Votre critique ne va nullement au fond des choses. D’ailleurs, vous ne le connaissez pas. Vous ne vous en doutez même pas. En comparaison, la Société *Procrustics* et tout le reste de la servilisation ne sont que bagatelles !

Je n’en croyais pas mes oreilles.

— Mais… mais… balbutiai-je, que dites-vous là, professeur ? Que peut-il donc y avoir de pire ?

Il se pencha vers moi, au-dessus de la table.

— Tichy, je le fais parce que c’est vous. Je vais trahir un secret professionnel. Aucun enfant n’ignore tout ce dont vous vous êtes plaint. Et d’ailleurs, comment en serait-il autrement ? L’évolution ne pouvait guère suivre une autre voie depuis qu’aux drogues et pré-hallucinogènes ont succédé ce qu’on appelle les psychofocalisateurs à action hautement sélective. Mais le véritable bouleversement est survenu il y a à peine vingt-cinq ans de cela, lorsque l'on a synthétisé les mascons, c'est-à-dire les haponcteurs ou hallucinogènes ponctuels. Les drogues ne coupent pas l'homme du monde, elles ne font que modifier ses relations avec lui. Les hallucinogènes, eux, brouillent et voilent le monde entier. Vous avez pu vous en convaincre vous-même. En revanche, les mascons le falsifient !

— Mascons… mascons… répétai-je, ce mot me dit quelque chose. Ah oui ! ces concentrations de masses sous le sol lunaire ? Ces agglomérats ? Mais qu'ont-ils à voir avec… ?

— Rien du tout. Ce mot a pris aujourd'hui un sens tout à fait différent, pardon, je veux dire une essence… Il vient de "masque". En introduisant dans le cerveau des mascons convenablement synthétisés, on peut dissimuler n'importe quel objet du monde extérieur par des images fictives ; ceci avec tant d'habileté que la personne enchimasquée de la sorte ne peut différencier ce qui est réel de ce qui est illusoire. Si vous pouviez voir, ne fût-ce que pendant un dixième de seconde, le monde qui nous environne *réellement*, et non tel qu'il est actuellement, grimé par ce chimasquage, vous en demeureriez ébahi !

— Attendez un peu ! Quel monde ? Où est-il ? Où peut-on le voir ?

— Ici même ! me souffla-t-il à l'oreille en jetant des coups d'œil de tous côtés.

Il s'installa près de moi et, me passant sous la table un petit flacon en verre hermétiquement bouché, il murmura d'un ton confidentiel :

— C'est de l'antichon, un produit appartenant au groupe des vigilifères. Un puissant antipsychimique, un dérivé nitrodazilique de la péiotropine. Le simple fait d'en avoir sur soi (sans parler de son utilisation) est considéré comme un délit grave ! Débouchez-le sous la table, aspirez une bonne fois – mais une seule – comme si vous respiriez de l'ammoniac ou des sels. Ensuite… pour l'amour de Dieu ! Du sang-froid ! Courage, et attention !

Les mains tremblantes, je débouchai le flacon. À peine avais-je inhalé une bouffée de cette vapeur âcre à l'odeur d'amande que le professeur me le retira des mains. Des larmes abondantes me vinrent aux yeux. Je les essuyai du bout du doigt, me frottai les paupières, et demeurai soudain le souffle coupé : la superbe salle couverte de tapis, pleine de palmiers, avec ses murs de maïolique, ses tables élégantes et étincelantes, son orchestre de chambre tout au fond, jouant tandis que nous dégustions le rôti, tout avait disparu. Nous nous trouvions à l'intérieur d'un bunker en béton, devant une table de bois, nue ; nos pieds s'enfonçaient dans la paille d'une natte déjà tout en lambeaux. J'entendais encore la musique, mais je voyais à présent qu'elle était diffusée par un haut-parleur suspendu à un fil rouillé. Les candélabres de cristal irisés avaient désormais cédé la place à des ampoules nues et poussiéreuses. Mais c'était sur la table qu'avait eu lieu la plus horrible des métamorphoses : la nappe d'une blancheur éblouissante avait disparu. Le plat d'argent où fumait un perdreau sur canapé s'était transformé en une assiette de faïence où s'étalait un brouet gris-brun d'aspect peu ragoûtant, collant au bout de nos fourchettes en aluminium ; en effet, le noble éclat de la vieille argenterie s'était éteint lui aussi. Glacé d'horreur, j'observais cette saleté que j'engloutissais avec appétit il y a encore un instant. Comme je m'étais délecté des délicieux crissements de la peau dorée du volatile auxquels s'harmonisaient en contrepoint les craquements du canapé dont le dessus était grillé à souhait et le dessous imbibé d'une sauce succulente ! Ce que j'avais pris pour des palmes dans le bac tout proche, ce n'étaient en fait que des cordons. Ils appartenaient au caleçon d'un individu assis juste derrière nous en compagnie de trois autres, non point sur une petite estrade, mais plutôt sur une étagère, tant elle était étroite et exiguë. Une épouvantable cohue régnait en effet ! Je crus que les yeux allaient me sortir des orbites, lorsque l'image vacilla et commença de nouveau à s'estomper comme au toucher d'une baguette magique. Les cordons du caleçon devant moi verdirent et redevinrent les branches feuillues d'un palmier ; la boîte à ordures qui empestait à dix pas prit une teinte brune et se changea en un bac sculpté, tandis que la surface souillée de la table blanchissait, comme recouverte par la première neige. Les verres en cristal étincelèrent, le brouet goudronneux prit la noble couleur d'un rôti, il lui poussa des ailes et des cuisses là où il fallait. L'aluminium des couverts revêtit la teinte éclatante du vieil argent… et les habits des serveurs froufroutèrent autour de nous. Je regardai à mes pieds : le paillasson s'était changé en un tapis persan. Revenant à ce monde luxueux, haletant péniblement, j'observai la poitrine charnue du perdreau, incapable d'oublier ce qu'elle camouflait…

— Vous commencez seulement à percevoir la réalité, me souffla confidentiellement Trottelreiner en me regardant dans les yeux, comme s'il craignait de ma part une réaction trop violente. Et remarquez bien que nous nous trouvons dans un local hors catégorie ! Si je n'avais pas envisagé de vous mettre dans le secret, nous serions allés dans un restaurant dont le spectacle, qui sait, aurait pu vous troubler l'esprit pour de bon…

— Comment ? Il y en a donc de plus horribles ?

— Oui.

— C'est impossible !

— Je vous assure que si. Ici, au moins, nous avons des tables, des chaises, des assiettes et des couverts authentiques ; tandis que là-bas les gens sont allongés sur des châlits superposés et mangent avec les doigts dans des seaux apportés sur des tapis roulants. Et puis, ce qui s'y cache sous les apparences d'une perdrix est aussi moins nourrissant.

— Qu'est-ce donc ?

— Rassurez-vous, Tichy, ce n'est pas du poison mais tout simplement un extrait d'herbe et de betterave fourragère trempé dans de l'eau javélisée, haché et mélangé avec de la farine de poisson. En général on ajoute de la colle d'os et des vitamines en graissant ce brouet avec un peu d'huile synthétique pour qu'il ne reste pas coincé dans le gosier. N'avez-vous pas remarqué l'odeur ?

— Et comment donc !

— Vous voyez.

— Par pitié, professeur, de quoi s'agit-il ? Dites-le-moi ! Je vous en conjure. Une cabale ? Une supercherie ? Un plan destiné à perdre toute l'humanité ? Une conspiration diabolique ?

— Allons, Tichy, ne soyez donc pas méphistophélique ! C'est tout simplement un monde où vivent en gros plus de vingt milliards d'hommes. Avez-vous lu le *Herald* d'aujourd'hui ? Le gouvernement du Pakistan affirme que 970 000 personnes ont péri de famine ; l'opposition, elle, parle de six millions. Où trouver dans ce monde du chablis, des perdreaux, des petits plats sauce béarnaise ? Les dernières perdrix ont disparu voici un quart de siècle. Ce monde n'est qu'un cadavre, quoique fort bien conservé, car on parvient à le momifier avec de plus en plus d'habileté. En d'autres termes, nous avons appris à masquer son agonie.

— Un instant ! Je n'arrive pas à me concentrer… Vous voulez dire que…

— Que personne ne vous veut du mal, au contraire : c'est par pitié, pour des raisons hautement humanitaires que l'on a recours à ce *humbug** chimique, au camouflage, à l'habillage de la réalité sous les plumes et les couleurs qui lui font défaut…

— Mais dites-moi professeur, cette duperie est-elle partout la même ?

— Oui.

— Pourtant, je ne mange pas en ville, je fais moi-même la cuisine, alors, comment, par quel… ?

— Comment vous absorbez ces mascons ? C'est vous qui le demandez, vous ? Ils sont dans l'air, on les vaporise continuellement. Vous ne vous souvenez donc pas des aérosols de Costaricana ? C'étaient là encore de timides essais, un peu comme les montgolfières par rapport aux fusées.

* En anglais dans le texte original. *(N.d.T.)*

— Et tous les gens savent cela ? Et ils peuvent vivre ainsi ?

— Jamais de la vie. Personne ne sait rien.

— Il n'y a donc ni bruits ni commérages ?

— Il y a partout des commérages. Mais rappelez-vous qu'il existe l'amnestane. Il y a des choses que tout le monde sait et d'autres que l'on ignore. La pharmacocratie possède sa face visible et sa face cachée. La première repose sur la seconde.

— C'est impossible !

— Ah ? et pourquoi donc ?

— Parce qu'il faut bien que quelqu'un s'occupe de ces paillassons, fabrique la faïence dans laquelle nous mangeons en réalité ; et ce brouet qui fait semblant d'être un rôti. Tout !

— Mais oui, vous avez raison ! Tout cela doit être fabriqué, conservé. Et alors ?

— Ceux qui le font voient et savent !

— Qu'est-ce que vous racontez ! Vous continuez à raisonner en catégories archaïques. Les gens croient qu'ils vont dans une usine qui ressemble à un palais de verre. À l'entrée ils reçoivent de l'antihall. Ils reconnaissent alors les murs nus de béton, leur lieu de travail.

— Et ils acceptent quand même de travailler ?

— Avec le plus grand enthousiasme ! Car ils reçoivent en même temps une dose de sacrifixine. Le travail est alors un dévouement, quelque chose comme un honneur. À la fin il suffit d'une gorgée d'amnestane ou de mnémolyzine et tout ce qu'ils ont vu sombre dans l'oubli !

— Jusqu'à présent, je craignais d'être victime d'une hallucination. Maintenant, je me rends compte à quel point j'étais stupide ! Mon Dieu, comme j'aimerais revenir ! Que ne donnerais-je pour cela !

— Revenir où ?

— Aux égouts de l'hôtel Hilton.

— Insensé ! Vous ne vous conduisez guère raisonnablement, pour ne pas dire stupidement. Vous devriez faire comme tout le monde, manger et boire comme les autres ; vous recevriez alors l'indispensable dose d'optimisme, du séraphinol, et vous seriez d'excellente humeur.

— Alors vous aussi, vous vous faites l'avocat du diable ?

— Soyez raisonnable. Si le médecin ment pour le bien de son malade, est-ce là une ruse diabolique ? Puisqu'il nous faut habiter, vivre, manger, dans ces conditions, ne vaut-il pas mieux que tout cela nous soit présenté dans un emballage attrayant ? L'action des mascons est infaillible ; il n'y a qu'une seule exception. Qu'ont-ils donc de si mauvais ?

— Je ne me sens plus la force de discuter de cela avec vous, dis-je, revenant quelque peu à moi, je vous demanderai seulement de répondre à deux questions, au nom du temps jadis. Premièrement, quel est ce cas unique où les mascons n'agissent pas, et deuxièmement, de quelle façon en est-on arrivé au désarmement universel ? Est-ce également un mirage ?

— Non, le désarmement est heureusement tout à fait réel. Pour vous l'expliquer il me faudrait vous faire toute une conférence ; et malheureusement, je dois déjà m'en aller.

Nous avons pris rendez-vous pour le jour suivant. En prenant congé, j'ai renouvelé ma question à propos de l'endroit où les mascons n'agissaient pas.

— Allez donc à la foire, dit le professeur en se levant ; si vous désirez avoir quelques désagréables révélations, montez sur le manège le plus grand : lorsqu'il tournera à la vitesse maximale, prenez un canif et faites un trou dans le rideau de la cabine. Ce rideau est précisément indispensable parce que, quand le manège tourne, les phantasmes au moyen desquels les mascons éclipsent la réalité se trouvent repoussés ; comme si la force centrifuge faisait glisser les œillères… vous verrez alors le monde qui s'entrouvre au-delà des beaux mirages…

Au moment où j'écris ces lignes, il est trois heures du matin ; me voilà brisé. Que pourrais-je ajouter ? Je vais sérieusement réfléchir à un plan qui me permettrait de fuir loin de la civilisation, de m'exiler dans un trou perdu. Même la Galaxie a cessé de m'attirer. Les voyages non plus ne me tentent pas ; du moment qu'il n'y a nulle part où rentrer.

5/10/2039. – J'ai passé ma matinée libre en ville. J'ai observé avec une horreur difficilement répressible toutes les manifestations de confort et de luxe. Une galerie d'art de Manhattan invite ses clients à acquérir des toiles originales de Rembrandt et de Matisse pour une bouchée de pain. À côté on offre de splendides meubles Louis XV et Louis XVI ; cheminées de marbre, trônes, miroirs, armures sarrasines. Nombreuses ventes aux enchères. Les maisons se vendent comme des petits pains. Et moi qui pensais vivre dans un paradis où chacun pouvait "empalatiser" à son gré ! Le Bureau d'enregistrement des candidats autonomes au prix Nobel situé dans la 5e Rue a lui aussi révélé sa vraie nature : chacun peut obtenir le

Nobel, de même qu'accrocher sur les murs de son appartement les œuvres d'art les plus précieuses, puisque l'une et l'autre chose ne sont qu'une pincée de poudre excitant le cerveau ! La pire de toutes les perfidies, c'est qu'une *partie* de ce mirage collectif est dévoilée au grand jour ; on peut donc naïvement s'imaginer qu'il est possible de tracer la frontière entre fiction et réalité. Et comme personne ne réagit spontanément à quoi que ce soit – apprenant, aimant, se révoltant et oubliant chimiquement –, la différence entre sentiments naturels et sentiments manipulés a cessé d'exister. J'ai erré à travers la ville, les poings serrés dans les poches. Oh, je n'avais nul besoin d'amokoline ou de furiasol pour éprouver cette rage ! Mes sens aiguillonnés savaient déceler et toucher tous les endroits suspects dans cette monumentale imposture, dans ces gigantesques décors s'élevant au-delà de l'horizon. On donne aux enfants des sirops parribatifs ; puis, pour développer leur personnalité, on leur administre de la contestamine et du protestérone ; pour calmer les élans déchaînés, de la sourdine et du coopéral. Il n'y a pas de police. Pour quoi faire puisqu'il y a le criminol ? Les appétits criminels sont d'ailleurs apaisés par la *Procrustics Inc*. J'ai bien fait d'éviter jusqu'ici les théothèques. On y trouve seulement un assortiment de substances crédatives ou grâcifères ; du conscienciol, du peccatil, de l'absolvine ; on peut même devenir saint avec de la sacrosanctisidaze. D'ailleurs, pourquoi pas de l'alla-musulmine, du zénate de bouddhax, du nirvanium cosmozylique, du théocontactol ? Les suppositoires eschatolutoires, la pommade nécrinique vous placent au premier rang de la vallée de Josaphat. Puis le résurrectol absorbé sur un morceau de sucre se charge du reste. Grand Déol ! Des paradisiaques pour les bigots, du bélzéban et de l'hellurium pour les masochistes… J'ai difficilement pu résister à la tentation de me ruer à l'intérieur d'une pharmacopée que je venais de dépasser : le peuple y était pieusement agenouillé, prisant de la génuflectine. Je me suis retenu pour ne pas acheter de l'amnestane. Surtout pas ça ! Je suis allé à la foire, tournant et retournant le canif dans ma poche entre mes doigts moites de sueur. L'expérience a échoué ; le rideau de la cabine était d'une solidité peu commune. Peut-être est-il en acier trempé.

Les pièces louées par le Pr Trottelreiner se trouvaient dans la 5e Rue. Il n'était pas chez lui lorsque je suis arrivé à l'heure convenue ; mais il m'avait prévenu qu'il serait peut-être en retard et m'avait confié le timbre de sa portimbre. Je suis donc entré et me suis assis devant son bureau encombré de journaux scientifiques et de papiers couverts d'annotations. Par ennui, à moins que ce ne fût pour apaiser l'inquiétude qui dévorait mes entrailles spirituelles, j'ai jeté un coup d'œil sur les notes de Trottelreiner. "Cosmossuaire", "révipare", "altrin", "altrinette". Ah ! il en était donc encore à noter les termes de sa bizarre futurologie… "Fécondoire", "toucrachet" et "toucrachette". "Parturionne" – une championne de la parturition peut-être ? Mais oui, en cette ère d'explosion démographique, pourquoi pas ? À chaque seconde il naît 80 000 enfants ; ou peut-être bien 800 000. Quelle différence cela fait-il ? "Penseux", "pensage", "pensite", "pensus", "pensée conductrice" ou "pousseuse", "pensipoussa". Voilà donc à quoi il s'amusait ! "Professeur, voulus-je crier, que faites-vous donc ici alors que là-bas le monde entier se meurt ?" Soudain, quelque chose brilla sous le tas de papiers – de l'antihall, le fameux petit flacon ! Pendant une fraction de seconde, j'hésitai. Puis, résolu, j'aspirai prudemment et observai la pièce.

Chose curieuse, elle n'avait pratiquement pas changé ! La bibliothèque, les étagères où s'entassaient les pilules dans leurs informateurs, tout était resté tel quel ; seul l'énorme poêle hollandais carrelé qui se trouvait dans un coin et dont les carreaux sculptés ornaient la pièce de leur éclat vif s'était métamorphosé : ce n'était plus qu'un vilain fourneau au tuyau de fer-blanc brûlé, enfoncé dans un trou du mur ; tout autour le plancher était noir de suie. Je rangeai furtivement le flacon, comme un voleur pris la main dans le sac, car le timbre résonna dans l'entrée et Trottelreiner entra.

Je lui racontai ce qui m'était arrivé à la foire. Il se montra surpris puis me demanda de lui donner mon canif. Il hocha la tête, prit le flacon, aspira et me le tendit. À la place du canif, j'aperçus alors un petit fragment de branche pourrie. Puis mes yeux se tournèrent à nouveau vers le visage du professeur ; il avait l'air affligé, il semblait avoir perdu son assurance de la veille. Il déposa sur le bureau sa serviette bourrée de sucettes de congrès et soupira.

— Tichy, fit-il, vous devez comprendre que l'expansion des mascons n'est due pour l'instant à aucune perfidie particulière…

— L'expansion ? Qu'est-ce donc encore ?

— Il faut à présent remplacer par des mirages bien des choses qui étaient encore réelles il y a un mois ou un an. Les objets authentiques deviennent tout simplement introuvables, m'expliqua-t-il.

Mais je voyais qu'une autre pensée le préoccupait et ne lui laissait pas de répit.

— Il y a déjà trois mois que je suis monté sur ce manège, et je ne pourrais pas jurer qu'il s'y trouve encore. Il se peut très bien qu'en achetant votre ticket d'entrée vous receviez par le diffuseur une simple dose de vapeur de manège ou de lunaparcol, ce qui serait d'ailleurs logique, car de loin plus économique. Oui, Tichy, la sphère des biens réels que possède l'humanité rétrécit à une vitesse effrayante. Avant d'habiter ici, j'étais au nouveau Hilton. Mais, je l'avoue, je n'ai jamais pu m'y habituer. Lorsque j'ai absorbé sans le vouloir un luciditif, je me suis vu dans un réduit ayant les dimensions d'un grand tiroir, le nez presque dans la mangeoire ; le robinet d'eau me rentrait dans les côtes et mes pieds touchaient le haut de la couchette située dans le tiroir, je veux dire l'appartement inférieur : car j'avais une petite suite au huitième étage, que je payais quatre-vingt-dix dollars par jour. Il y a de moins en moins de place, voilà tout ! On fait actuellement des expériences au moyen de déspatialisateurs ou psyllusions. Malheureusement, cela ne va pas sans difficultés. Si l'on masque la présence de foules immenses dans la rue ou sur la place à côté de vous, de façon que vous voyiez uniquement les individus les plus éloignés, vous commencez à vous heurter à des gens masqués que vous ne remarquez pas, et c'est là un obstacle que l'on ne sait pas encore écarter !

— Professeur, j'ai jeté un coup d'œil sur vos notes. Excusez-moi, mais que veut dire ceci ?

Je lui montrai du doigt une feuille sur laquelle figuraient ces mots : "multischizol", "foulate de pluralium".

— Ah oui… savez-vous qu'il existe un plan, c'est-à-dire un projet d'hinternisation, du nom de son auteur, Egobert Hintern ? Il prévoit de pallier le manque croissant d'espace extérieur au moyen de l'hallucination d'un espace situé à l'intérieur, dans l'âme. Les dimensions de celle-ci ne connaissent en effet aucune limitation d'ordre physique. Vous savez certainement qu'avec de la zooformine on peut momentanément devenir, je veux dire avoir la sensation d'être une tortue, une fourmi, une coccinelle et même un jasmin, grâce à la prébotinide d'inflorizal. Bien entendu, de façon subjective seulement. On peut aussi subir une dissociation de la personnalité en deux, trois, ou quatre parties. Lorsque cette dissociation atteint un nombre à deux chiffres l'effet foulatique se déclenche. On ne peut plus parler d'un moi ni d'un sur-moi, mais d'un nous et d'un sur-nous. La pluralité du moi en un seul corps. Il existe également des égotifs grâce auxquels la vie intérieure gagne en intensité et l'emporte sur la perception des choses extérieures. Tel est le monde, telle est l'époque, mon cher Tichy ! *Omnis est pilula !* La pharmacopée est aujourd'hui le Livre de Vie, l'encyclopédie de toute existence, l'alpha et l'oméga. Tout renversement de la situation est désormais exclu puisqu'il existe déjà du révoltal, des oppositoires et de l'extrémine. Quant à votre Dr Hopkins, il fait la réclame du sodomastol et de la gomorrhine – chacun peut personnellement détruire par le feu céleste autant de villes qu'il le souhaite. On peut aussi se faire promouvoir au rang de Bon Dieu ; cela ne coûte que 75 *cents*.

— La forme d'art la plus moderne est aujourd'hui le prurigo, dis-je, j'ai entendu, je veux dire senti, le *scherzo* de Ghilghili ; mais je ne peux pas dire que cela m'ait apporté quoi que ce soit du point de vue esthétique. J'ai ri aux passages les plus sérieux.

— Eh oui ! tout cela n'est guère pour nous, défrigus d'un autre âge, pauvres épaves du temps, déclara Trottelreiner avec mélancolie.

Puis, comme s'il prenait soudain sur lui, il s'éclaircit la gorge, me regarda dans les yeux et dit :

— Tichy, le congrès de futurologie va justement commencer – je veux dire, les débats concernant la prévistoire de l'humanité. Il s'agit du LXXVIe congrès mondial. J'ai été aujourd'hui à la première séance préliminaire d'organisation et j'aimerais vous faire part de mes impressions.

— C'est curieux, dis-je, je lis assez attentivement les journaux et je n'ai trouvé nulle part la plus petite allusion à ce congrès.

— Bien sûr, puisque c'est une conférence secrète. Vous en devinez sans doute la raison ; on doit notamment y examiner le problème du masquage.

— Eh bien ? La situation n'est donc pas bonne ?

— Elle est catastrophique ! dit le professeur en appuyant sur ses mots, cela ne saurait être pire !

— Voilà qu'aujourd'hui vous chantez la palinodie !

— C'est vrai. Mais comprenez la situation dans laquelle je me trouve : je viens à peine de prendre connaissance de l'état actuel des recherches ; ce que j'ai appris aujourd'hui, mon Dieu… D'ailleurs, vous pourrez vous en convaincre vous-même.

Il sortit de son porte-documents un gros paquet de sucettes attachées avec des rubans multicolores et qui contenaient les comptes rendus provisoires. Il me les tendit par-dessus le bureau.

— Avant que vous n'en preniez connaissance, quelques explications indispensables : la pharmacocratie est une psychimiocratie qui s'appuie sur la beurrocratie ; telle est la devise de l'ère nouvelle. En termes plus concis encore, le règne des hallucinogènes est associé à celui de la corruption. C'est d'ailleurs justement ce fait qui a permis d'aboutir au désarmement général.

— Je vais donc enfin savoir ce qu'il en est ! m'écriai-je.

— C'est extrêmement simple. Les pots-de-vin servent soit à se défaire d'une marchandise médiocre, soit à en obtenir en cas de pénurie. Ces marchandises, au demeurant, peuvent très bien être des services. La situation est idéale pour le producteur lorsqu'il peut recouvrer sa créance sans rien donner en échange. Je suppose que la réalyse a été déclenchée par l'affaire des crapulateurs et malversateurs dont vous avez dû entendre parler.

— En effet, mais qu'est-ce que la réalyse ?

— Littéralement, c'est la dissolution, donc la disparition, de la réalité. Lorsque le scandale des malversations d'ordinateurs a éclaté, on a tout mis sur le dos des calculatrices. En fait, de puissants consortiums y avaient trempé les mains, de même que des cartels clandestins. Il s'agissait, n'est-ce pas, de rendre les planètes habitables – tâche urgente, si l'on songe aux dangers du surpeuplement ! Il fallait construire d'énormes flottes spatiales, changer le climat, l'atmosphère de Saturne et d'Uranus. Il était beaucoup plus simple de faire tout cela exclusivement sur le papier.

— Mais l'affaire a dû s'ébruiter aussitôt ! m'exclamai-je, étonné.

— Jamais de la vie ! Des difficultés concrètes imprévues surgissent, des problèmes que l'on ne soupçonnait pas jusqu'ici, des obstacles ; de nouveaux crédits et de nouvelles subventions sont nécessaires. Tenez, le projet Uranus a déjà englouti 980 milliards, et nul ne sait si l'on y a remué un seul caillou.

— Et les commissions de contrôle ?

— Ces commissions ne se composent pas de cosmonautes ; et le simple profane ne peut guère débarquer sur ces planètes. On envoie donc des plénipotentiaires, ils se fondent à leur tour sur le matériel qu'on leur présente : listes, photos, statistiques ; or on peut très bien falsifier les documents, ou mieux encore, simuler toute l'affaire avec des mascons.

— Ah !

— Vous voyez bien. Je suppose que c'est ainsi qu'a commencé la course fictive aux armements. En effet, les entreprises qui recevaient des commandes de l'État étaient des sociétés privées. Elles ont pris des milliards et n'ont rien fait. C'est-à-dire, bien sûr, qu'elles se sont mises à fabriquer des canons à laser, des lance-fusées, des anti-anti-anti-anti-fusées (car nous en sommes à la sixième génération), des chars volants, appelés aérovnis ; mais tout cela était purement haponctuel.

— Pardon ?

— Hallucinatoire, cher monsieur. À quoi bon faire

des essais nucléaires lorsque l'on dispose de comprimés fungifères ?

— Qu'est-ce que c'est ?

— Des comprimés qui, une fois avalés, donnent la vision d'un champignon atomique. Et ce fut une réaction en chaîne. À quoi bon entraîner des soldats ? En cas de mobilisation on leur distribue des pilules entraîneuses. Inutile aussi de former des chefs. Ne trouve-t-on pas de la stratégine, du générasol, du tactidon, de l'ordéril ? "Pourquoi dans Clausewitz te donner tant de mal ? Avale un comprimé, te voilà général !" Connaissez-vous ce dicton ?

— Non.

— En effet, tous ces groupes de substances sont secrets ou du moins la vente en est prohibée. Inutile également de faire débarquer des troupes, il suffit de vaporiser le mascon adéquat au-dessus du pays en effervescence et la population verra débarquer les unités de parachutistes, la marine, les blindés ; un vrai char coûte à présent près d'un million de dollars tandis que son hallucination revient à environ un centième de *cent* par spectateur ; c'est ce qu'on appelle l'unité char-tête. Un cuirassé coûte un quart de *cent*. On peut aujourd'hui mettre dans un camion tout l'arsenal des États-Unis. Du tankon, du cadavéron, du bombon – solides, liquides et gazeux. Il existe même sans doute des invasions entières de Martiens contenues dans une poudre convenablement préparée.

— Tout cela sous forme de mascons ?

— Et comment donc ! Une armée réelle serait à son tour superflue. Il n'est resté qu'une petite flotte aérienne, et encore, cela n'est pas sûr. À quoi bon ? C'était une véritable avalanche, comprenez-vous ? Impossible de l'arrêter. Voilà tout le secret du désarmement. Et d'ailleurs pas seulement du désarmement. Avez-vous vu les nouveaux modèles de Cadillac, de Dodge et de Chevrolet que l'on fait cette année ?

— Bien sûr, ce sont de fort jolis modèles.

Le professeur me tendit le flacon.

— Approchez-vous donc de la fenêtre et observez un peu toutes ces belles autos.

Je me penchai par-dessus la balustrade. En bas, le long du défilé de la rue vue du onzième étage, s'écoulait un fleuve d'automobiles étincelantes aux vitres et aux toits miroitant sous le soleil. J'approchai le flacon débouché de mes narines, clignai des paupières pour chasser les larmes de mes yeux, puis me plongeai dans la contemplation d'un spectacle insolite. Happant l'air vide entre leurs mains levées à hauteur de leur buste, tels des enfants qui joueraient à l'automobiliste, des colonnes d'hommes d'affaires trottaient le long de la chaussée. De temps en temps, dans les rangs serrés de ces galopeurs déplaçant leurs jambes à toute vitesse, la moitié supérieure du corps penchée en arrière, comme carrés dans de moelleux fauteuils, apparaissait une voiture solitaire avec son panache de fumée. Puis l'effet du produit commença à se dissiper, l'image vacilla, se stabilisa, et je vis à nouveau du haut de mon poste d'observation le fleuve brillant formé par les toits des voitures, blancs, jaunes, vert émeraude, coulant majestueusement à travers Manhattan.

— Cauchemardesque ! fis-je avec emphase, et malgré tout la paix est assurée, *pax urbi et orbi*. Peut-être cela en valait-il la peine ?

— Il est évident qu'il n'y a pas que les mauvais côtés. Le nombre d'infarctus a considérablement diminué. Ces courses de fond constituent une excellente gymnastique. Mais d'autre part, les cas d'emphysèmes pulmonaires, de varices et d'hypertrophies cardiaques sont plus nombreux. Tout le monde n'est pas fait pour le marathon.

— Voilà donc pourquoi vous n'avez pas de voiture ! m'écriai-je, comprenant soudain.

Le professeur se contenta d'esquisser un sourire jaune.

— Une auto de catégorie moyenne ne revient aujourd'hui qu'à 450 dollars, dit-il, mais étant donné que les coûts de fabrication tournent autour d'un huitième de *cent*, le prix est plutôt salé. Les personnes ayant encore une occupation réelle se font de plus en plus rares. Les compositeurs prennent des honoraires et graissent la patte à leurs commettants. Quant au public qui se rend dans une salle de concerts pour assister à l'exécution d'un morceau, on lui vaporise sous le nez un peu de mélotropine de concertolium.

— Moralement, ça n'est pas très joli, fis-je, mais est-ce si nuisible que cela à l'échelle sociale ?

— Jusqu'à présent, pas encore. Du reste, le jugement dépend du point de vue que l'on a. Grâce à la transmutine, vous pouvez avoir une liaison avec une chèvre tout en pensant que c'est la Vénus de Milo en personne. Les travaux scientifiques et les conférences sont remplacés par la congressine et la décongressine. Il existe pourtant un minimum vital que la fiction n'est pas capable de satisfaire. Il faut tout de même bien habiter quelque part, manger, respirer. Or la réalyse est en train de ronger les unes après les autres les sphères d'action réelle.

Au surplus, nous assistons à un inquiétant afflux d'effets secondaires qui nous obligent à recourir aux déshallucines, aux néosupermascons, aux fixateurs – ceci avec un résultat douteux.

— De quoi s'agit-il donc ?

— Les déshallucines sont de nouveaux produits spécifiques. Ils donnent l'illusion que l'on n'est sous l'emprise d'aucune illusion. On les a tout d'abord seulement administrés aux malades mentaux, mais les gens soupçonnant le monde environnant d'être fictif sont de plus en plus nombreux. L'amnestane ne peut rien contre les didivagations ; ce sont des visions secondaires superposées, comprenez-vous ? Lorsque, mettons, quelqu'un rêve qu'il rêve qu'il ne rêve pas, ou bien le contraire. C'est un problème typique que doit affronter la psychiatrie actuelle, dite psychiatrie pyramidale ou polystratifiée. Mais le plus terrible, ce sont ces nouveaux mascons. Voyez-vous, un excès de substances chimiques finit par ébranler l'organisme ; vos cheveux tombent, vos oreilles deviennent comme de la corne, ou bien c'est la queue qui disparaît…

— Qui pousse, vous voulez dire !

— Mais non ! voilà déjà trente ans que tous les gens ont une queue. Ce fut là un effet de l'orthographine. Voilà le prix qu'il a fallu payer pour pouvoir apprendre à écrire instantanément.

— C'est impossible ! Je vais souvent à la plage, voyons, professeur, personne n'a de queue !

— Vous êtes bien naïf ! Ces queues sont masquées par l'absorption d'anticaudéïne, laquelle à son tour noircit les ongles et gâte les dents.

— Et l'on masque aussi ces phénomènes ?

— Naturellement. Pour que les mascons agissent il suffit d'en absorber quelques milligrammes. Cependant chaque personne en reçoit en tout environ cent quatre-vingt-dix kilos par an. Ceci se comprend aisément, vu qu'il faut simuler les locaux d'habitation, la nourriture, les boissons, la sagesse des enfants, l'amabilité des employés, les découvertes scientifiques, la possession de Rembrandt et de canifs, les voyages outre-mer, les vols cosmiques, de même qu'un milliard d'autres choses semblables. Si le secret professionnel n'existait pas tout le monde saurait qu'un habitant de New York sur deux est tacheté, a le dos couvert d'un pelage verdâtre, des épines dans les oreilles, des pieds plats et souffre d'un emphysème pulmonaire associé à une hypertrophie cardiaque, en raison de ces courses ininterrompues. Tout ceci, il faut bien le dissimuler. Voilà donc à quoi servent les néosupermascons.

— Cauchemardesque ! Et il n'y a rien à faire ?

— Notre congrès doit justement délibérer de l'alternative qui s'offre aux prévistoriens. Dans les milieux autorisés on parle universellement de la nécessité d'un changement radical. Nous disposons actuellement de dix-huit projets.

— De sauvetage ?

— Si vous voulez. Peut-être feriez-vous bien de vous asseoir pour sucer ce matériel. Mais je voudrais auparavant vous demander un petit service. Il s'agit d'une chose délicate.

— Je ferai tout ce que vous voudrez.

— Je compte sur vous. Voyez-vous, un collègue chimiste m'a fait parvenir des échantillons de nouveaux corps synthétisés appartenant au groupe des vigilifères et permettant de recouvrer une pleine lucidité. Il me les a expédiés par le courrier du matin et il m'écrit (ici, Trotelreiner prit une lettre qui se trouvait sur le bureau) que ma substance – celle que vous avez inhalée – n'est pas un vigilifère authentique ; voici ce qu'il dit mot pour mot : "Afin de détourner l'attention des respectateurs de nombreux phénomènes critiques, la Direction fédérale de Psyprétion (psychopréinformation) fournit à ceux-ci volontairement, dans le but de les tromper, de fausses substances antidivagatoires contenant des néomascons."

— Je n'y comprends rien. J'ai moi-même expérimenté votre substance. Mais que signifie ce titre de respectateur ?

— C'est un rang social très élevé que je possède entre autres moi aussi. Le droit au respectacle est celui de disposer de vigilifères afin de pouvoir déterminer comment les choses se présentent en *réalité*. Il faut bien que quelqu'un le sache, n'est-ce pas évident ?

— En effet.

— Pour ce qui est du produit en question, mon ami suppose qu'il annule réellement l'effet des mascons les plus anciens, introduits depuis longtemps déjà, mais ne les élimine pas tous, surtout les plus récents. Il s'agirait donc (le professeur prit le flacon) non d'un vigilifère, mais d'un mascon perfidement élaboré – un sous-luciditif camouflé ; en somme une main de fer dans un gant de velours.

— Mais à quoi bon ? Puisqu'il faut que quelqu'un sache…

— "Il le faut" au sens général, si l'on envisage le bien commun comme un tout, mais non pas du point de vue des intérêts particuliers des différents hommes politiques, des corporations et même des agences fédérales. Si la réalité est pire que ce que nous apercevons, nous autres respectateurs, "eux" préfèrent que nous ne déclenchions pas l'alarme ; ils ont donc élaboré cette substance exactement comme on suggérait autrefois aux curieux des cachettes faciles à découvrir quelque part dans des vieux meubles. Ainsi le chercheur s'estimait-il satisfait de l'endroit découvert, et cessait de fouiller pour trouver les cachettes réelles, camouflées avec une habileté bien supérieure !

— Oui, je comprends à présent. Mais que voulez-vous de moi ?

— Avant de prendre connaissance de ces documents aspirez le contenu de cette fiole, puis prenez l'autre. À vrai dire, je n'en ai guère le courage.

— C'est tout ? Eh bien, volontiers.

Je pris les deux tubes de verre que le professeur me tendait, m'assis dans un fauteuil et commençai à absorber le résumé des travaux prévistoriques qui lui étaient adressés. Le premier projet envisageait l'assainissement des relations par l'introduction de mille tonnes d'inversine dans l'atmosphère ; ce produit faisait virer de 180 degrés tous les sentiments. La première phase prévoyait la vaporisation de cette substance. Tout ce qui était confort, satiété, nourriture appétissante, choses belles et nettes, serait alors immédiatement l'objet d'une aversion générale. En revanche la cohue, la pauvreté, la laideur et la misère deviendraient désirables par-dessus tout. Au cours de la deuxième phase on annihilerait radicalement l'effet de tous les mascons et néo-mascons. Alors seulement l'humanité se trouvant face à face avec une réalité jusque-là cachée éprouverait une totale satisfaction : elle aurait en effet à sa disposition tout ce qu'elle souhaitait. Peut-être même faudrait-il d'emblée recourir aux péjotropines (produits empirant les conditions de vie). Mais comme l'inversine agirait simultanément sur tous les sentiments sans exception, les plaisirs érotiques deviendraient également haïssables et le genre humain serait menacé d'extinction. C'est pourquoi une fois l'an, pendant vingt-quatre heures, on abolirait provisoirement l'action de l'inversine avec une contre-substance. Ce jour-là il y aurait infailliblement un nombre impressionnant de suicides, mais la croissance naturelle stimulée en même temps compenserait largement ces pertes.

Je ne saurais dire que ce plan m'ait enthousiasmé. Le point le moins sombre stipulait que l'auteur du projet, en tant que respectateur, se trouverait inévitablement soumis à l'action permanente d'un antidote, si bien que la misère et la laideur universelle, la saleté ou la monotonie de l'existence ne lui causeraient certainement aucun plaisir. Le second projet prévoyait de diluer 10 000 tonnes de rétrotemporine dans les rivières et les eaux de mer. C'était un réverseur de l'écoulement du temps subjectif. La vie se présenterait alors de la façon suivante : les gens viendraient au monde sous l'aspect de vieillards séniles et le quitteraient sous celui de nouveau-nés. Ce plan soulignait que l'on supprimerait ainsi l'écueil majeur de la condition humaine, à savoir la perspective inévitable pour tous de la vieillesse et de la mort. À mesure que le temps s'écoulerait les vieillards rajeuniraient, acquérant force et vigueur. Après avoir cessé toute activité professionnelle pour cause d'infantilisme, ils réintégreraient les régions bénies de l'enfance. Le véritable clou de ce projet était justement cet aspect humanitaire : il résultait tout naturellement de l'ignorance du caractère mortel de tous les vivants, propre aux nourrissons. Certes, étant donné que l'inversion du flux temporel serait purement subjective, il faudrait diriger tous les vieillards vers les jardins d'enfants, les crèches et les cliniques d'accouchement ; le projet ne disait pas clairement ce qui leur adviendrait par la suite. Il se contentait de signaler en termes généraux que l'on pourrait les soumettre à un traitement adéquat dans un euthanasium d'État. Après cette lecture le projet précédent ne me semblait déjà plus si mauvais.

Le troisième était un projet à long terme, et c'était de loin le plus radical. Il prévoyait l'ectogénèse, le détachisme et l'homicrie universels. Il ne subsisterait plus de l'homme qu'un cerveau contenu dans un élégant emballage en duroplaste, une sorte de globe pourvu d'embrayages, d'interrupteurs et de prises. Ce projet postulait de remplacer les échanges moléculaires par l'énergie nucléaire ; par conséquent, l'absorption d'aliments, devenue physiologiquement superflue, n'aurait plus lieu que sous forme d'une divagation convenablement programmée. Ce globe cérébral pourrait se brancher sur diverses extrémités, appareils, machines, véhicules, etc. Le processus du détachisme s'étendrait sur deux décennies. Durant la première, le détachisme partiel serait obligatoire ; on laisserait chez soi les organes superflus. Par exemple, en allant au théâtre, on dégraferait et suspendrait dans son armoire ses organes génitaux et excrétoires. Au cours de la décennie suivante l'homicrie devait mettre fin à la cohue générale qu'entraînait la surpopulation. Des canaux de communication intercérébraux avec ou sans câbles rendraient superflus la locomotion, les conférences d'information, les départs et discussions liés aux voyages, et par conséquent tout déplacement personnel ; car chaque habitant disposerait également de détecteurs dans toutes les zones habitées par l'homme, jusqu'aux planètes les plus lointaines. La production en série livrerait sur le marché des viscérateurs, manipulateurs et pédiculateurs, ainsi que des voies ordinaires, c'est-à-dire les rails d'une sorte de petit train domestique où l'on pourrait faire rouler les têtes toutes seules pour se distraire. J'interrompis ma lecture pour déclarer que les auteurs de ces travaux étaient sûrement des fous. Trottelreiner répliqua sèchement que j'étais par trop enclin à tirer des conclusions hâtives. Quand le vin est tiré il faut le boire. Le critère du bon sens n'est guère applicable à l'histoire de l'humanité. Averroès, Kant, Socrate, Newton, Voltaire pouvaient-ils se douter qu'au XXe siècle le fléau des villes, le poison des poumons, le meurtrier universel, l'objet du culte suprême serait un chariot de tôle monté sur roues, et que les gens préféreraient périr broyés à l'intérieur au cours des départs massifs du week-end plutôt que de rester chez eux sains et saufs ? Je lui demandai lequel de ces projets il comptait soutenir.

— Je ne suis pas encore décidé, fit-il, le plus difficile est à mon avis le problème des réfractairins – ces enfants que l'on met au monde illégalement. En outre, je crains je ne sais quel chimicmac au cours des débats.

— C'est-à-dire ?

— Il se peut que le projet adopté soit celui qui aura obtenu l'adhésion générale grâce à la crédibiline.

— Vous pensez qu'ils vont chercher là-bas aussi à vous intoxiquer ?

— Pourquoi pas ? Quoi de plus facile que de diffuser un peu d'aérosol dans la salle à travers les appareils de climatisation ?

— Quoi que vous puissiez décider, il n'est pas dit que la population l'accepte ; les gens ne se laisseront pas toujours faire.

— Cher monsieur, voici un demi-siècle que la culture a cessé de se développer de façon spontanée. Au XXe siècle un certain Dior dictait la mode vestimentaire. Actuellement ce dirigisme englobe tous les domaines de la vie. Si le détachisme est adopté, dans quelques années tout le monde considérera la possession de ce corps mou, velu et moite comme quelque chose de honteux et d'indécent. Il faut le laver, le désodoriser, le soigner, et cela ne l'empêche même pas de se corrompre. Tandis qu'avec le détachisme on peut brancher sur soi les plus belles merveilles de la technique : quelle est la femme qui ne voudra pas avoir des phares argentés à la place des yeux, des seins télescopiques, des ailes d'ange, des chevilles et des talons radiants émettant à chaque pas des sons mélodieux ?

— Savez-vous à quoi je pense ? fis-je, allons-nous-en d'ici. Nous ferons provision d'oxygène et de nourriture et nous nous cloîtrerons quelque part dans les montagnes Rocheuses. Vous vous rappelez les égouts du Hilton ? Nous n'y étions pas si mal !

— Vous parlez sérieusement ? commença le professeur d'un ton hésitant.

Involontairement, je portai à mes narines la fiole que je tenais toujours entre les doigts ; j'avais complètement oublié son existence. Une senteur âcre me fit venir les larmes aux yeux. Je me mis à éternuer coup sur coup. Lorsque j'ouvris les yeux la pièce était devenue méconnaissable. Le professeur continuait à parler, j'entendais encore sa voix ; mais, fasciné par la métamorphose, je ne comprenais plus un seul mot. Les murs étaient maculés de saleté. Le ciel, auparavant bleu, avait pris une teinte livide. Un morceau de vitre était brisé, le reste couvert d'une suie grasse avec des traînées grises de pluie.

Je ne sais pourquoi, ce qui m'effraya le plus, ce fut de voir que l'élégante serviette où le professeur avait apporté la documentation du congrès s'était changée en un sac de toile vermoulu. Figé, je n'osais pas le regarder. Je jetai un coup d'œil sur le bureau. À la place de son pantalon rayé et de ses guêtres, deux prothèses négligemment croisées apparurent. Entre les articulations en fil de fer des semelles, un peu de gravier et de poussière de la rue s'était infiltré. La goupille en acier du talon luisait, polie par l'usure. Je poussai un gémissement.

— Qu'est-ce qui vous arrive ? Vous avez mal à la tête ? Voulez-vous un cachet ? fit une voix compatissante.

Prenant sur moi, je levai les yeux vers le professeur.

Il ne subsistait pas grand-chose de son visage. Les lambeaux d'un pansement crasseux qui n'avait pas dû être, changé depuis longtemps adhéraient à ses joues rongées. Il portait en réalité toujours ses lunettes – l'un des verres en était fêlé. Sur son cou, dans l'orifice laissé par une trachéotomie, on apercevait une canule assez négligemment enfoncée, oscillant au rythme de sa voix. La veste, un haillon à demi moisi, pendait le long de l'armature thoracique. Sur le côté gauche, on avait pratiqué une ouverture : derrière une petite vitre en plastique toute ternie on voyait battre, avec des spasmes gris livides, le cœur couvert d'agrafes et de coutures. Je ne pouvais pas voir sa main gauche ; la droite, tenant le crayon, était une prothèse en laiton, mangée par le vert-de-gris. Sur les revers de son veston quelqu'un avait négligemment cousu à gros points une petite toile sur laquelle une main avait écrit à l'encre rouge : "Frigus 119 859/21 transpl. – 5 rej." Je le regardai, les yeux exorbités. Captant ma terreur comme dans un miroir, le professeur se figea soudain derrière son bureau.

— Que se passe-t-il ? J'ai donc changé à ce point ? Répondez ! articula-t-il d'une voix rauque.

Je ne me rappelle pas m'être levé, mais je luttais déjà pour ouvrir la poignée.

— Tichy ! Que faites-vous ? Tichy, Tichy ! criait-il avec désespoir, se soulevant péniblement de son siège.

La porte céda enfin, tandis qu'un épouvantable fracas retentissait. À la suite d'un mouvement trop brusque, le Pr Trottelreiner avait perdu l'équilibre et s'était effondré sur le plancher parmi les craquements osseux de tous ses crampons en fil de fer. J'emportai gravée dans ma mémoire l'image de ces ruades désespérées ; les moignons de ses talons pointus labourant le parquet, le sac gris de son cœur cognant derrière le carreau fêlé.

Comme poursuivi par les furies, je m'enfuis en courant dans le couloir.

Tout l'immeuble était en effervescence car c'était précisément l'heure du déjeuner. Employés et secrétaires sortaient de leurs bureaux et se dirigeaient en bavardant vers les ascenseurs. Je me mêlai à la foule debout devant la porte ouverte, mais la cabine ne venait toujours pas. En jetant un coup d'œil dans la cage je compris pourquoi l'essoufflement était un symptôme si répandu : l'extrémité du câble depuis longtemps coupé pendait dans le vide, tandis que le long des grillages verticaux bordant la cage des gens rampaient avec une agilité simiesque témoignant d'un long entraînement. Ils se hissaient jusqu'au café de la terrasse, devisant sereinement en dépit des grosses gouttes de sueur qui perlaient sur leurs fronts. Je battis discrètement en retraite et descendis au pas de course l'escalier dont la spirale s'enroulait en boucles patientes autour de la cage. Je ralentis quelques étages plus bas. La foule continuait à se déverser par toutes les portes. Il n'y avait pratiquement que des bureaux. À l'angle formé par deux murs brillait une fenêtre ouverte donnant sur la rue. Je m'arrêtai, feignant de rectifier ma tenue, et regardai en bas. Tout d'abord il me sembla qu'il n'y avait plus un seul être vivant dans la foule amassée sur les trottoirs ; en réalité, les passants étaient devenus méconnaissables. L'élégance générale s'était volatilisée. Les gens s'en allaient seuls, ou bien deux par deux, vêtus de haillons troués ; nombre d'entre eux étaient affublés de pansements, de bandes de papier ou simplement d'une chemise, ce qui me permit de constater qu'ils étaient en effet tachetés et velus, surtout dans le dos. Quelques-uns venaient apparemment de sortir de l'hôpital, ayant sans doute des affaires plus urgentes à régler. Des culs-de-jatte avançaient sur leurs planches à roulettes dans le brouhaha des conversations et des rires. Je voyais les oreilles en éventail des dames, les cornes des messieurs, de vieux journaux, des bouchons de paille et des sacs de jute portés avec grâce et distinction. Les plus sains, les mieux conservés parcouraient la chaussée au grand galop, et marquaient les changements de vitesse en levant joyeusement la jambe. Dans cette foule, les plus nombreux étaient les robots, munis de diffuseurs, dosimètres et brumisateurs. Ils veillaient à ce que chacun reçût sa part d'aérosol. Mais leur rôle ne s'arrêtait pas là ; derrière un jeune couple bras dessus bras dessous (elle avait le dos couvert d'écailles, lui d'efflorescences) avançait à pas lourds un calcul-terreux brandissant l'entonnoir de son diffuseur et assenant méthodiquement des coups sur la tête des amoureux. Leurs dents s'entrechoquaient littéralement, mais ils n'avaient même pas l'air de s'en rendre compte. Le faisaient-ils exprès ? J'étais désormais incapable de réfléchir. La main crispée sur le montant, je regardais la rue qui s'étendait à mes pieds ; j'observais toute cette animation, ces galopades, cette vigueur, moi l'unique témoin, l'unique paire d'yeux à *voir*. Mais étais-je vraiment le seul ? La cruauté du spectacle semblait réclamer la présence d'un autre observateur, son créateur. Car sans rien ôter à ces petites scènes de genre, il lui aurait donné un sens, lui, le patron de la sainte putréfaction, un sens macabre, certes, mais un sens malgré tout. Un petit bottinateur, cybertillant aux pieds d'une vieille dame énergique, lui cognait sans arrêt les genoux ; elle s'étala de tout son long, se releva, et continua son chemin. Puis il la renversa de nouveau, et ils disparurent ainsi de mon regard : lui avec son obstination mécanique, elle avec sa vivacité et son assurance. Beaucoup de robots regardaient les gens dans le blanc des yeux, peut-être pour vérifier l'effet des substances pulvérisées. Mais il me semblait que la raison était tout autre. Au coin des rues se tenaient de nombreux soustractaires et nécrobots ; par un portail latéral se déversait une foule de turbinards, turbinots, créteints et microbots sortant de leur travail après la relève. Le long de la chaussée glissait un énorme composteur ramassant à la pointe de son soc tout ce qui lui tombait sous la main : en même temps que les moribots, il jeta une petite vieille dans son réservoir. Je me mordis les doigts, oubliant qu'ils tenaient serrée la deuxième fiole, toujours intacte. Un feu sauvage m'embrasa le gosier. Tout vacilla autour de moi, se nimba d'un brouillard lumineux, d'une, taie qu'une main invisible m'ôta lentement des yeux. Pétrifié, j'observai les changements qui s'étaient produits. Je devinais déjà, secoué par les spasmes d'un effroyable pressentiment, que la réalité allait à présent se dépouiller d'une autre couche. Sa falsification devait remonter à des temps immémoriaux. C'est pourquoi un produit plus puissant ne pouvait qu'arracher un nombre supérieur de voiles, pénétrer encore en profondeur, mais sans plus. La clarté s'intensifia, devint blanche. La neige jonchait les trottoirs, figée, tassée par des centaines de pieds ; la rue avait pris une teinte hivernale, en même temps les vitrines des magasins avaient disparu. Des planches pourries clouées en travers avaient partout remplacé les carreaux. L'hiver régnait entre les murs sales, maculés de taches d'eau. Des guirlandes de glaçons luisants pendaient aux portails et aux lanternes ; dans l'air pénétrant flottait une fumée âcre et violacée comme le ciel tout en haut. Sous les murs s'accumulaient des blocs de neige souillée d'où dépassaient des tas d'ordures. Çà et là on apercevait des taches noires, comme de grands ballots, des monceaux de chiffons que la vague incessante des piétons poussait, rejetait sur les côtés entre les récipients et les boîtes de conserve rouillées, la sciure gelée. Il ne neigeait pas, mais on voyait bien qu'il avait neigé et que la neige tomberait encore. Tout à coup, je compris quel était l'élément qui avait disparu : les robots ! Il n'en restait plus un, plus un seul ! Leurs carcasses enneigées s'entassaient le long des maisons, vieille ferraille morte, en compagnie de loques humaines, de haillons d'où dépassaient des ossements jaunis et givrés. Un clochard s'installait justement sur un tas de neige et s'y glissait comme sous un édredon. Il avait l'air satisfait ; il se sentait comme chez lui, tout seul dans son lit. Il s'étira et étendit ses jambes nues dans la neige ; voilà donc d'où provenait ce froid vif, cette insolite fraîcheur qui semblait parfois venir de loin, même en pleine rue, à midi, par une journée ensoleillée ! L'homme s'était préparé pour un long sommeil... C'était donc cela ! La fourmilière humaine passait devant lui avec indifférence ; les passants ne s'occupaient que d'eux-mêmes : les uns pulvérisaient les autres, on pouvait aussitôt reconnaître à leur comportement qui se prenait pour un homme et qui pour un robot. Ainsi, même eux faisaient semblant ? Mais d'où venait cet hiver en plein été ? Le calendrier tout entier ne serait-il qu'un fantasme ? Mais à quoi bon ? Un rêve de glace servant d'antidote démographique ? Il y avait donc eu tout de même quelqu'un pour élaborer ces plans, et il me fallait périr sans avoir pu parvenir jusqu'à lui ? Mon regard glissait à présent le long des murs vermoulus des gratte-ciel aux carreaux cassés. Derrière moi le silence régnait ; le déjeuner était terminé. La rue, c'était pour moi la frontière ultime, mes yeux n'avaient aucun pouvoir salvateur ; je me serais noyé dans cette foule ; mais j'avais besoin de quelqu'un. Seul, je pouvais tout au plus me cacher pendant un certain temps, comme un rat. Je me trouvais dorénavant hors de la sphère des illusions, donc au milieu du désert. Plein de terreur et de désespoir je m'éloignai de la fenêtre, sentant malheureusement dans tout mon corps ce froid glacial, puisque la chimère du beau climat ensoleillé avait cessé de me protéger. Je ne savais pas moi-même où j'allais, m'efforçant ainsi de marcher à pas feutrés. Oui, j'essayais déjà de dissimuler ma présence ; cette façon de se courber, de se recroqueviller, ces regards furtifs jetés en biais, cette manière de s'arrêter pour épier, tout cela m'était soufflé par mon instinct, avant même que j'eusse pris la moindre décision. Pourtant, j'étais convaincu jusqu'au tréfonds de moi-même qu'en me regardant, on devait savoir ce que je voyais et qu'on ne me le pardonnerait pas. Je marchais dans le couloir du sixième ou du cinquième étage. Je ne pouvais revenir chez Trottelreiner, j'aurais de toute façon été incapable de lui apporter l'aide dont il avait besoin. Je pensais fiévreusement à plusieurs choses à la fois, mais avant tout, je me demandais si l'effet de la substance allait cesser et si j'allais jamais me retrouver dans cette Arcadie. Chose étonnante, en dehors du dégoût et de la peur, je n'éprouvais rien en songeant à cette perspective ; comme si je préférais mourir de froid sur un monceau d'ordures en connaissant la vérité, plutôt que de devoir la consolation à des fantasmes. Je ne pus pénétrer dans le couloir latéral ; la route était barrée par le corps d'un vieillard à qui les forces avaient manqué pour aller plus loin. Ses jambes tremblantes continuaient à simuler la marche, tandis que, râlant silencieusement, il me souriait amicalement du fond de son agonie. Je pris donc l'autre couloir latéral et m'arrêtai devant les vitres opaques d'un bureau. De l'autre côté régnait un silence de mort. J'entrai, le panneau mobile vacilla. J'étais dans une pièce vide pleine de machines à écrire. Au fond il y avait une autre porte, entrebâillée. Je jetai un coup d'œil dans la pièce vaste et claire, puis voulus m'esquiver car il y avait quelqu'un. Ce fut alors qu'une voix familière se fit entendre :

— Entrez donc, Tichy !

Je m'exécutai. Je ne fus pas surpris outre mesure qu'il m'eût interpellé de la sorte, comme s'il m'attendait. Je réagis tout aussi calmement en apercevant le sieur George Symington assis derrière un bureau, dans son costume de flanelle grise, le cou entouré d'une écharpe de laine, un petit cigarillo aux lèvres. Il portait des lunettes noires et semblait m'observer d'un air mi-condescendant, mi-affligé.

— Installez-vous, dit-il, nous en avons pour un bon moment.

Je m'assis. Avec ses vitres intactes la pièce était une véritable oasis de netteté et de chaleur au milieu de l'abandon général. Pas trace de courants d'air glaciaux ni de neige charriée par le vent. Un plateau, une tasse de café noir fumant, un cendrier, un dictaphone. Au-dessus de sa tête, sur le mur, étaient accrochés quelques nus féminins en couleurs. Je fus soudain frappé par une absurde association d'idées : ces corps que l'on voyait sur les photos n'étaient défigurés par aucune tache.

— Vous voilà frais ! fit-il en appuyant sur ses mots. Et pourtant, vous ne pouviez pas vous plaindre ! La meilleure infirmière, le seul respectateur de tout l'État, tout le monde a essayé de vous aider. Mais que faire ? Vous avez voulu dénicher la "vérité" tout seul !

— Moi ? dis-je, étourdi par ce flot de paroles.

Mais avant que j'aie pu me concentrer, avant que j'aie réussi à saisir son raisonnement, il s'exclama brusquement :

— Surtout pas de mensonges ! Il est trop tard pour cela. Vous vous êtes cru vraiment astucieux en colportant partout vos plaintes et vos soupçons comme quoi tout ne serait qu'hallucination : "égouts", "rats d'hôtel", "enfourcher", "seller". Et c'est de ces fables primitives que vous vouliez vous servir ! Vous pensiez que cela suffirait ? Il n'y a qu'un défrigus pour être aussi stupide !

Je l'écoutais, la bouche entrouverte. J'avais compris instantanément qu'il était inutile de vouloir nier quoi que ce fût ; de toute façon il ne me croirait pas. Il avait pris mon authentique obsession pour une manœuvre tactique ! Ainsi, cet entretien que nous avions eu et au cours duquel il m'avait révélé les secrets de la *Procrustics Inc.* n'avait servi à rien d'autre qu'à me tirer les vers du nez ! C'est pourquoi il avait utilisé ces mots qui m'avaient alors si cruellement surpris ; peut-être croyait-il qu'il s'agissait des mots de passe d'une organisation quelconque – mais laquelle ? Une conspiration antichimique ? Ma crainte personnelle d'être victime d'une hallucination, il l'avait prise pour une ruse tactique... En effet, il était trop tard pour le lui expliquer. Surtout à présent que toutes les cartes étaient dévoilées.

— Vous m'attendiez ici ? demandai-je.

— Quelle question ! Vous et toute votre entreprise, vous n'étiez qu'une marionnette. Nous ne pouvons pas nous permettre de laisser un contestataire irresponsable menacer l'ordre établi.

"Le vieillard agonisant dans le couloir, pensai-je soudain, lui aussi devait faire partie des obstacles qui me conduiraient jusqu'ici..."

— Pas mal, fis-je, et le chef, c'est vous, n'est-ce pas ? Félicitations !

— Je vous prierai de garder vos sarcasmes pour une meilleure occasion ! aboya-t-il en retour.

J'avais réussi à le piquer au vif. Il était furieux.

— Vous avez longtemps cherché les "sources du satanisme", pauvre frigus, surgelé avarié ! Mais il n'y en a pas. Je vais satisfaire votre curiosité. Il n'y en a pas, comprenez-vous ? Nous maintenons la civilisation dans une sorte d'anesthésie, sinon elle serait incapable de se tolérer. C'est pourquoi il ne faut pas la réveiller. Et c'est pourquoi vous y retournerez vous aussi. Vous ne courez aucun danger ; cela n'est pas douloureux, c'est même agréable. Notre tâche à nous est beaucoup plus difficile, car il nous faut demeurer lucides pour votre bien.

— C'est par dévouement que vous faites cela, n'est-ce pas ? dis-je. Je comprends, naturellement, un sacrifice au nom de l'humanité.

— Si vous appréciez cette effrayante liberté de l'esprit, répliqua-t-il sèchement, je vous conseillerai de ne pas ironiser et de renoncer à ces plaisanteries stupides, car vous risquez tout bonnement de la perdre plus vite.

— Vous avez donc encore quelque chose à me dire ? Je vous écoute.

— En ce moment, je suis, en dehors de vous, le seul homme à voir dans tout l'État ! Qu'est-ce que j'ai sur le visage ? ajouta-t-il précipitamment et comme furtivement.

— Des lunettes noires.

— Vous voyez donc la même chose que moi, dit-il. Le chimiste qui a fourni ces substances à Trottelreiner a déjà réintégré le sein de la société. Il ne nourrit plus le moindre doute. Personne ne peut en avoir, ne comprenez-vous donc pas ?

— Un instant, fis-je, on dirait que vous tenez vraiment à me convaincre. Voilà qui est étrange. Pourquoi donc, en fait ?

— Parce qu'aucun respectateur n'est un démon ! répliqua-t-il. Nous sommes esclaves d'un simple état de fait. On nous a acculés dans cette impasse. Nous jouons les cartes que les conditions sociales nous ont mises de force dans les mains. Nous apportons la paix, la sérénité et le soulagement de la seule façon qui soit encore possible. Nous maintenons à la limite de l'équilibre ce qui sans nous sombrerait dans une agonie universelle. Nous sommes les derniers Atlas de ce monde ; puisqu'il lui faut succomber, au moins qu'il n'en souffre pas. Si l'on ne peut modifier la réalité, il faut la masquer, ceci est le *dernier* devoir humanitaire, la dernière tâche qui soit encore humaine.

— Il est donc désormais impossible de changer quoi que ce soit ? demandai-je.

— Nous sommes en l'an 2098, dit-il, il y a 69 milliards d'hommes sur la Terre, et sans doute encore 26 milliards d'habitants clandestins. La température annuelle moyenne est tombée à quatre degrés : d'ici quinze ou vingt ans nous serons dans une véritable glacière. Nous n'avons aucun moyen d'empêcher la glaciation. Mais si nous ne pouvons guère éviter qu'elle se produise, nous pouvons la cacher.

— J'ai toujours pensé qu'il devait geler en enfer, dis-je. En somme, vous peignez la porte qui y mène avec toutes sortes de jolis motifs !

— Justement, fit-il, nous sommes les derniers Samaritains. Il fallait que quelqu'un vous parle d'ici ; le hasard a voulu que je sois cet homme.

— L'*ecce homo*, en somme ! dis-je. Mais un instant… je crois savoir où vous voulez en venir. Vous désirez me persuader du bien-fondé de votre rôle – celui d'anesthésiste eschatologique. Lorsqu'il n'y a plus de pain, on anesthésie tous ceux qui souffrent. Seulement, je ne vois pas à quoi vous servirait ma conversion puisqu'il me faudra de toute façon l'oublier aussitôt après. Si les méthodes que vous appliquez sont bonnes pourquoi donc vous évertuez-vous à fournir des arguments logiques ? Si elles sont bonnes, quelques gouttes de crédibiline, un simple jet dans les yeux, et j'accepterai avec enthousiasme chacune de vos paroles, je vous respecterai et vous honorerai. Visiblement, vous n'êtes pas convaincu vous-même de la valeur de ce traitement si vous ressentez le besoin d'une bonne vieille causerie, de tous ces mots jetés en l'air, si une simple discussion vous satisfait plus que de recourir au diffuseur ! Vous avez l'air de vous rendre parfaitement compte que la victoire psychimique n'est que pure escroquerie et que vous resterez seul à votre poste, avec dans la bouche toute l'amertume du vainqueur. Vous voulez d'abord me convaincre pour me précipiter ensuite dans l'oubli ; mais vous n'y arriverez pas. Allez donc vous faire pendre avec votre noble mission, vous et toutes ces traînées dont les photos agrémentent votre dure tâche de sauveteur ! Il vous en faut d'authentiques, sans pelage, n'est-ce pas ?

Son visage était crispé par la rage. Il se leva brusquement en criant :

— Je possède d'autres substances que les arcadiennes ! Il existe aussi des enfers chimiques !

Je m'étais levé moi aussi. Il allait saisir le presse-papiers posé sur son bureau, lorsque je m'écriai soudain : "Allons-y ensemble !", et lui sautai à la gorge. Comme je l'avais prévu, l'élan nous entraîna vers la fenêtre ouverte. Un bruit de pas se fit entendre. Deux poignes de fer essayèrent de desserrer mon étreinte. L'homme se tordait, me donnait des coups de pied, mais, arrivé devant le parapet, je l'inclinai en arrière, rassemblai mes dernières forces, et sautai. L'air siffla à nos oreilles, nous culbutâmes, agrippés l'un à l'autre, tandis que l'entonnoir de la rue allait s'élargissant. Je me préparai à recevoir le choc qui allait nous broyer. Mais le heurt fut étrangement doux : un liquide noir m'éclaboussa, les flots malodorants et pourtant mille fois bénis se refermèrent au-dessus de ma tête puis se fendirent à nouveau. J'émergeai au milieu des égouts en me frottant les yeux, la bouche pleine d'un horrible goût de lavure, mais heureux, heureux ! Le Pr Trottelreiner, que mes clameurs de malédiction avaient tiré de son somme, se pencha au-dessus des eaux et, depuis le bord, me tendit, en guise de poigne fraternelle, le manche de son parapluie soigneusement plié. Les échos des *bembardements* avaient cessé. Les membres de la direction du Hilton dormaient côte à côte sur leurs fauteuils gonflables (voilà donc d'où provenaient les gonflettes !), tandis que les secrétaires se conduisaient de façon provocante dans leur sommeil. En ronflant, Jim Stantor se retournait sans arrêt, écrasant le rat qui venait de lui chiper un morceau de chocolat dans sa poche. Tous deux eurent très peur. Accroupi à la lueur jaunâtre de sa lampe, le Pr Dringenbaum, un Suisse fort méthodique, corrigeait son exposé à l'aide d'un stylo à encre. Comprenant que cette activité recueillie inaugurait les débats de la seconde journée du congrès de futurologie, je partis d'un rire si sonore que le manuscrit lui échappa des mains, tomba avec un clapotis dans l'eau noire et s'en alla voguer à la dérive, vers l'avenir insondable.

OUVRAGE RÉALISÉ
PAR L'ATELIER GRAPHIQUE ACTES SUD
REPRODUIT ET ACHEVÉ D'IMPRIMER
EN SEPTEMBRE 2021
PAR NORMANDIE ROTO IMPRESSION S.A.S.
À LONRAI
POUR LE COMPTE DES ÉDITIONS
ACTES SUD
LE MÉJAN
PLACE NINA-BERBEROVA
13200 ARLES

DÉPÔT LÉGAL
1re ÉDITION : OCTOBRE 2021
N° impr. : 2103189
(Imprimé en France)